跆拳少女

張英珉——著
劉彤渲——圖

名家推薦

凌性傑（作家）：

台灣的兒少文學中，常見球類、跑步等運動項目為主題的作品。透過競賽場合的描述、體能鍛鍊的刻畫，每每可以顯現成長路途上的心性變化。成長中的身體與靈魂，充滿徬徨與盼望。國際運動賽事中，台灣體育健兒在棒球、跆拳方面頗多斬獲。《跆拳少女》這部小說焦點明確，作者將跆拳競技寫得極具神采，把競技運動的相關知識融入小說敘事，技巧純熟高明。主角人物為兩位跆拳少女，她們的形象鮮明，影視感十足。這部小說有奮發昂揚之氣，場上的「自我」、「對手」形象，無不暗藏生命意義的啟迪。

張嘉驊（作家）：

作為一種小說類型，「體育小說」從來都不是只有體育。但優秀的「體育小說」藉著運動技能的競爭，往往能寫出激盪的人生，令讀者感動——這次獲得首獎殊榮的《跆拳少女》正是這樣的作品！

作者十分嫻熟小說戲劇性的操作，在作品中多有戲劇化的精心安排。這些衝突的元素主要聚焦在親情的糾葛，不論如何，都在凸顯一個主旨，即：學會「換位思考」，想想別人的處境，然後更加堅定地走自己的路！

這是一部頗適合拍成電視劇的小說，也許將來可以朝這方面去試試！

許建崑（東海大學中文系教授）：

孿生姊妹，因父母離異而各分東西，居然在跆拳比賽的場合相見。這是不太可能的事啊！然則小說能處理這種「不可能之可能」，才是高招！

兩歲的孩子怎麼可能送去道場「安親」？林教練怎麼可以「身代母職」，訓練出這麼勇敢的孩子？母親為什麼要獨力來養育這個孩子？這三個女子為什麼會躺在道場，度過一個尷尬的夜晚？所有的不可能都發生了。

親愛的讀者，請自己來讀這篇故事吧！我不能再說了，我每次重看這篇故事都想哭。為了這三位堅強的女性，我會噙著淚大聲的鼓掌讚嘆！

陳安儀（閱讀老師）：

作者以充滿影像感的寫作手法，流暢的敘述一個從小在跆拳道館長大的女孩，歷經一次又一次的比賽，蛻變成長的故事。

雖然女孩的單親母親常疏於母職，將她丟在跆拳道館，然而關心她、照顧她的教練，卻一路陪伴在她的身邊。在一場黑帶入段典禮之中，女孩遇到了由爸爸帶到美國撫養長大的孿生妹妹。兩個女孩雖然有一模一樣的面貌，也都練跆拳，卻有著完全不同的性情與成長歷程。最終，兩人必須要在比賽場上一爭高下，到底誰才是最後的贏家呢？

這個故事除了細膩地刻畫了成長少女的心情之外，也帶領讀者深入淺出的了解跆拳運動。尤其精采的是，每一場跆拳對打的比賽過程，讀者都彷彿身歷其境，看得到每一招、一腿的凌厲攻勢，比看現場轉播還要驚心動魄、提心吊膽！可見作者的功力深厚，讓這個故事更具魅力。

鄭淑華（國語日報總編輯）：

失婚又經濟拮据的媽媽負擔不起幼兒園學費，因此阿妮兩歲起就被媽媽「安親」在閨密的跆拳道館裡。這間名不見經傳又簡陋小道館，招收的都是些怪怪奇奇「有狀況」的學生。但小道館和跆拳道地墊就是阿妮的誕生起點，也幾乎是至今十幾歲以來的全部青春。且看少女阿妮如何以跆拳之道，面對她的運動戰役，也思考擺在眼前的人生習題。

故事讓人笑中有淚，挫敗中似乎又蘊藏生機，讀來一氣呵成，猶有餘味。

第1章

不知道這世界上的人們，人生之中的第一個記憶是什麼？

對我來說，人生最初的回憶已經有些模糊，但不管怎麼回憶，都好像與跆拳相關，彷彿我的人生不是從醫院誕生，而是一眨眼，我就站在跆拳地墊的圓形中央……

站在我們「宇光」道館裡抬頭看，天花板輕鋼架的燈座中，總共有四十支照明日光燈管，燈座中只要有一隻燈管壞掉，就會聽見「叮——叮——叮——」持續的燈管閃爍聲，燈管壞掉卻還沒更換的時候，我就聽著這規律的聲音，看著光線閃爍的節奏，對著踢靶練習踢擊，啪——啪——啪——啪——

夏日午後，有時候會有都市大雷雨，有一次閃電打在玻璃窗外的遠方，當雷聲一秒後到達時，燈管便也跟著閃個不停。

林教練說，這是附近的變電器因為雷擊而不穩定。

「說不定還有可能會爆炸喔！」林教練手扠腰，看著窗外的大雨，故意嚇我們。

短暫的燈管閃爍，明暗之間，總讓一起練習的孩子們好奇起來，不知道等一下會不會停電，大家都睜大眼睛，趁機停下練習動作，偷偷休息一下。

道館的地上鋪滿三公分厚的橡膠地墊，畢竟運動中要是跌倒就會摔得很慘，林教練說她小時候曾看過有人在水泥地上練習踢擊，有個學姊因為失去平衡跌倒，竟然撞到小腿脛骨骨折……每年道館大掃除，我都要幫忙把這些大地墊一片片拆下，將地墊底下的砂子用吸塵器吸起來，還要立起這些大地墊，靠著牆壁，用清潔劑和刷子刷一下午，才能仔細刷完這二十多坪的道館地墊。

道館的角落，林教練的辦公桌上有一台桌上型電腦，一旁的小雜物櫃內擺著一些藥膏和噴劑，每次只要有人受傷需要照顧，噴劑之中的薄荷氣味就會飄滿整個道館空間，濃得令人打噴嚏。

教練桌旁角落的小冰箱裡，有時候會有學生偷藏紅茶或可樂在冰敷袋之中。關於冰敷袋，林教練總是提醒我，要我每天到道館時，先打開冰箱確保冰敷袋，要讓學生受傷時能夠馬上有冰塊用。有好幾次我被踢到大腿瘀痛時，都是二話不說拿冰敷袋冰敷起來，以免淤血變嚴重，畢竟一旦瘀痛大爆發，真的會讓人一個禮拜無法正常走路，連樓梯都要拉著扶手才能走上去。

道館的牆邊木櫃上，整齊收起的踢靶和防護盔總有著奇怪的氣味，說不上臭，應該是混合各種氣味吧，像女孩的頭盔有些會有洗髮精的氣味，男生的是臭汗味。在學校奔跑玩耍的小男孩們除了全身汗臭，鞋子一脫還會有臭腳丫，每次男孩們排隊練習下壓腿攻擊時，腳一抬起就讓林教練捏著鼻子倒地投降，一邊打滾一邊哀號：

「你・給・我・快・滾・去・洗・腳！」

道館有對外的窗戶，牆邊貼著一些海報，不像我去參觀過的其他道館，貼著「武」、「德」、「力」、「忍」這些很美的毛筆字，宇光道館的牆面上貼著的，是林教練當年帶的第一屆同學，拿下盃賽第三名時的笑臉。

「你們看這張照片，第一名的不開心，第三名的笑嘻嘻。」

林教練每次對新學生介紹她當年訓練出來的選手，都忍不住稱讚海報中的那個學姊。

「那個學姊出生時沒有右手掌，算天生就少了一個武器吧。」

當年我還是小小孩時，曾看過這個學姊，跆拳道是踢擊的運動，但可以用正拳來得分，因為這位學姊沒有右手可以攻擊，所以她只要舉起左手就是要使用正拳，這麼好預測和躲避的狀態下，她還能踢到比賽第三名，難怪她在這張照片中笑得這麼開心，也就是這樣，儘管這位學姊已經沒練跆拳道了，但我一直記得她。

牆邊的另外一張海報中就是我的照片，當年三歲的我穿著白色道服，正在嘗試踢破木板時的萌照，許多來參觀的家長看到這張照片，因為我的模樣太可愛，便讓孩子們來試上跆拳道，但沒能想到練習的辛苦疲憊，有時可是會折磨孩子到滿臉淚水，哀號到不敢再來……

對我來說，道館內的一切物品，角落放什麼東西，電燈開關在哪裡，我真的閉著眼也能正確走到或拿到，畢竟我幾乎在道館長大，這十年來，除了家裡房間和學校教室之外，我待得最久的地方就是道館。

其實是這樣的，大概兩歲半吧，我便被媽媽帶來這間跆拳道館「安親」。

媽媽說，她與爸吵架離婚後，下定決心獨自扶養我，撐了一陣子存款用光，她一定要找一個工作，只是媽無法負擔私立幼稚園的費用，她就想一個辦法，將我放在林教練的小道館「宇光跆拳道」裡，只因為林教練是媽媽國中時練跆拳的好同學。而且這道館最開始收學生時，林教練才二十多歲，因為跆拳生涯中只有拿過全國名次，但沒有打過亞運、奧運這種比賽，沒當過國手打敗過外國人，也不像那些名氣大的道館內有一整面的獎牌獎座，所以一開始道館沒多少學生，慘澹經營所以空間還算寬敞，有地方可以讓小孩爬跳，拿來安親剛剛好。

媽媽去工作，我就在道館內玩積木、拼圖過一天，甚至到晚餐時間，媽媽都還沒出現，我就和林教練同吃一個便當。夜間上跆拳訓練課程時，在學員練習踢擊的啪啪聲中，我就把學生留下來的東西玩著一遍又一遍，不管是跳棋、電玩公仔或是許多遊戲卡片。

甚至有一次，為了等媽媽來接我，我拿了一個只剩一條腿的變形機器人，和一隻頭上的毛缺一塊的貓玩偶演戲一個下午，還將一組摺到皺的撲克牌按照顏色分類，之後又故意弄亂重新分類，這樣玩到了第二十三次時，已經晚上十點多，我終於忍不住，倒在地墊上睡著了，林教練幫我蓋上她平常穿的藍色體育外套，模模糊糊之間我聽見匆忙的腳步聲，媽媽終於出現了，我撐起半身看到媽媽穿著灰色套裝站在道館的門邊，她手上拎著高跟鞋，明明手上帶著摺疊式雨傘，雨水卻滴答滴答從她褲管與衣服邊緣滴下。

原來窗外下起了大雨，但我剛剛睡著沒聽到雨聲。

媽媽全身濕透，只因她下午被老闆帶去台北開會，錯過回家最快的那班自強號，最後只能搭最慢的電車回家，偏偏這班電車又遇到平交道事故，路程一拖再拖，等媽媽回來時，她只能搭著末班公車來接我。媽的腳因為穿整天高跟鞋，太瘦了走不快，又突然下起大風雨，一陣強風把雨傘吹開花，還吹得媽媽失去平衡跌在雨水中，只好索性脫下高跟鞋，在雨中赤腳跑步。

大雨中，媽擔憂我會害怕，所以哭到眼妝變成臉頰上的黑色淚珠。儘管被大哭的媽媽擁入懷中，我也覺得好冷又好餓，但當時的我沒有哭。

「或許我在道館長大吧，我是道館的小孩——所以我比別人強。」這是我對我自己說的話，因為我很強，所以沒有哭的必要，哭是弱者的反應，所以我不能哭。

當時個子小小的我，很早就明白人生的現實，我心底想的是，如果媽媽這樣不得已，那我必須要比別人堅強。

為了我親愛的媽媽，我要比別的小孩更堅強。

我可以比昨天的自己還要堅強。

單親的小孩比較早熟，並不是自己多想早熟，大概是從很小的時候，就能理解自己的家庭現實，只有早熟才能好好活著……

林教練說，我剛來到道館的時候，身高才七、八十公分吧，總是抬頭看著眾多大哥哥大姊姊，大家的身高都比我高上許多，我看著大家在道館開始慢跑、跳繩，踢著綠色踢靶，還有在拉筋時傳出哀號怒吼，我當時還不知道他們為什麼大叫，就突然跟著喊：「啊——」

我第一次跟著吶喊完時，大家全轉頭看著我大笑，隨後再繼續轉身拉筋，而後繼續踢踢靶，啊——碰碰——啊——碰碰——聲響反覆幾十分鐘。

踢靶聲混合著吶喊聲，特別在比賽前幾天，從白天到晚上都是這樣的聲響。

我的成長過程中，從幼稚園、國小下課的時間裡，我幾乎都在道館裡度過，畢竟與其坐在角落不知道要幹嘛，不如跟著哥哥姊姊們一起練習還比較有趣，我跟著林教練一起練跆拳，逐漸升級上去，國小一年級時拿到黑帶。

「品勢大家都會練，但不是所有人都能對打。」國小一年級時，林教練有一次問剛入黑帶的我。「這次對打的比賽，妳要不要試看看？」

的確，品勢我幾乎都學會，但一直覺得還可以更強，等我年紀能參加對打比賽時，林教練就派我出戰。

和一個人站在場上「品勢」相比，我的確是更喜歡「對打」，只因為我喜歡戴上護盔，接受好各種保護之後，在一分半的時間裡，與一個「對手」面對面，然後用盡一切力量打敗他。林教練對我說，人類的生活很規律，每天都在追求安全穩定，只有上場去面對一個「對手」的時候，人才會努力思考要怎麼勝過「對手」，這比學校考試有「標準答案」還難上許多——」

因為對手同時也在想著，該如何打敗你。

也就是如此，當我做完肌力的基本練習，道館同學們解散後，我都會坐在道館地墊上的圓形區。真正的比賽場地之中是一個八公尺的正方形，而道館內的地墊只是一個直徑四公尺的圓，林教練要我在每次的比賽前，都要坐在圓中間認真進行「意象訓練」，不斷的思考比賽要怎麼打，讓大腦先做好「比賽準備」。

「一個選手，除了讓動作成為直覺反應之外，剩下的，就是想法——」

「意象訓練」是選手必經的訓練，只不過，我總是會從自己進入跆拳道館開始回想，時間一跳，在我七歲用迴旋踢將兩塊木板踢破的那天，我領到我的黑帶，拿黑帶只是一個過程，在我參加跆拳十年後的現在，我想要的，是在每次的比賽中拿下金牌。

我想要金牌，不是因為我想要什麼榮耀，而是我「需要」，只要能繼續踢，未來就有機會拿獎學金，還能夠順利升學，畢竟我從小就有預感，媽媽的工作似乎不太穩定，我不能完全依賴媽媽。

更何況，上場和練習完全不同，比賽那短短的一分半的時間裡，會遇見一個對手——

那個站在場中，戴著與自己不一樣顏色護具的人。

林教練說，任何運動都一樣，這世界上沒有完美的選手，一個選手必須明白自己的優勢和劣勢，不管是手腳的長度落差，身高或爆發力的差別……

「更重要的是——掌控時間的能力！」

成人的跆拳比賽，一局是兩分鐘，少年跆拳比賽的時間是一分鐘半，九十秒鐘的時間內有所謂的開局、中間時刻與比賽結束，如果用各三十秒來看，前面要試探選手，中間要加強攻勢，結尾就要思考該如何拉開比數，或是追回分數。

比賽中，選手必須一邊進行肌肉運動，一邊進行大腦思考該如何使出戰術，能打敗對手絕對不是「頭腦簡單四肢發達」而已。一個最好的選手，就是最會思考的選手，這是林教練給我的啟示。短短的一局九十秒之內，大腦會不斷思考，驅動著自己的手腳，驅動平常練習時的各種習慣，讓習慣與大腦一起運作。

當我一面前進，就要一面思考自己該如何後退。

當我一邊攻擊，就要思考自己如何防守。

當對手大膽時，我必須小心；當對手謹慎時，我就必須大膽。

當對手專長於踢的時候，我要逼進對方，讓他無法好好伸出腿；當對手非常敏捷的時候，我就要不斷拉開距離，讓對手疲憊。對手如果使出堅固的防守，我就要用更強力的連續踢擊，逼迫對手的防禦出現漏洞。

反過來說，只要當我開始防禦，不管對手多厲害，總會因為攻擊無效而氣力用盡。防禦的重點不在於完全擋住攻擊，而是讓對方在攻擊之中，逐漸展露出自己的弱點，直到機會出現，我就會展開最後的反擊。

當我參加對打比賽的經驗一多，我更能理解在比賽時，最能影響身體的情緒是「無助」，只要讓對方進攻都失敗，防守也都失去自己的節奏，對手的身體就會開始僵硬，變成一個原地挨打的活靶。成為活靶的九十秒，每一秒都會非常痛苦，我在最初的場上比賽時曾經體會過這種痛苦，我才知道原來不管是少年或青少年比賽，比賽很容易在一瞬間改變，只要打敗對手的「心」，讓對手產生無助感，比賽就會在短短幾秒內看出勝敗。

我不能成為活靶，我不願意投降，就因為我從小就生活在單親的艱困家庭之中，如果因為「害怕」而逃避，最後成為活靶——這樣不是更痛苦嗎？

我剛開始參加對練時，常在場上不斷的被追，就算戴著護具，被踢到身體還是會失去平衡，要是被踢中頭盔可是會頭暈，時間之內，裁判不會阻止對手攻擊，就算我逃避、跌倒、出界，只要我沒暈倒，裁判就會把我抓回到場地中央，要我站起來繼續比賽，繼續被對手痛苦的踢擊。

要減緩自己比賽痛苦的唯一方法，除了教練讓你投降之外，就是站起來——攻擊，還有「正面的力量」。

「動作要確實啊！」林教練握緊拳對著我大叫。

「我盡量……」有一次，在道館比賽的休息時間，我喘息回著林教練，沒想到林教練走來我面前，對我大吼。

「什麼『盡量』，不要用模稜兩可的字，也不要說『做不到』這種負面的字，在道館這裡，妳只能說『是』！」

「是……」我就連呼吸都吃力。

「妳要先肯定自己，妳才會踢得出來，禁止負面的字，『做不到』、『不行』、『不可以』這些字全都不能說，妳只能說『我做得到！』，知道嗎？」

「我做得到！」我一面練習踢靶，一面哭喊出聲。「我做得到，我做得到！」

林教練總對我這個小學生說出很深的話，對我的要求比其他選手高，或許是教練知道我的家庭狀況，也了解我的性格吧，她知道我會不斷逞強去完成一切練習，她也知道我必須要堅強起來，才能面對自己的人生吧。

「阿妮，現在的比賽不一定要贏，可以輸，但是妳必須知道自己為什麼輸，不用緊張，深呼吸——」

冠軍

「阿妮，妳小時候拿多少冠軍，也比不上一個成人組冠軍，不要急——」

「阿妮，一個盃賽不能和全國錦標賽比，一個亞運不能和奧運比，只要知道自己目標是什麼，才能針對缺點訓練，妳就是妳自己，踢出去的每一腳，打出去的每一拳，都代表妳自己，知道嗎——」

我從國小的盃賽開始參加，已經拿下許多獎牌，一開始沒人相信我能贏，我個子不是最高，速度也不是最快，但只要我上了場，我就能找到對手的破綻，比賽的一切都在我的預料之中。

「阿妮是個好選手，因為她都會『用頭』比賽。」這是林教練接受賽後記者採訪時說的話，她一邊和記者介紹我，一邊用手抓亂我的頭髮，我趕緊把我頭髮用手梳回來，我不喜歡林教練總是弄亂我的頭髮。

我喜歡思考，我喜歡在場上戰鬥，不管是我退，或是我追；不管是我踢，或是我擋，在場上一切我都能預料，我有著十足的信心，上了比賽場地的圓圈中，我就是我，我能控制場上的一切。

跆拳是我的自信來源，彷彿只要跆拳踢得好，人生就充滿了各種希望……

但我真的不能預料……

我竟然在這次的比賽會場，遇見了妳——

第2章

我將目前為止，人生中的許多想法，練習跆拳道的過程，全告訴了身邊的這個和我年紀相同的女孩。

「原來如此啊……妳發生過的這些事，我真的都不知道啊……」

我與她初次見面後，就忍不住坐在場邊說起整整一個鐘頭的話。她與我聊天時總是輕輕搖搖頭，有時候聳聳肩，說話有外國腔調，有點像在電視上的綜藝節目裡，那些金髮藍眼睛的外國人說的中文。她的髮尾有挑染過的金色，和台灣的選手全部黑髮不一樣，還有台灣的選手休息時不吃東西，但她邊說話邊嚼口香糖。

「喔，因為嚼口香糖可以幫助選手在運動時保持清醒。」她看我好奇模樣，拿出口袋中的口香糖要分給我。

「這是我小時候參加棒球隊學會的喔。」

我接過口香糖，看著她的臉依舊不敢相信……真難以預料，我會在台灣的一場黑帶入段儀式遇見她。

那天，林教練要我來這間體育館的入段典禮觀摩學習，她說或許有一些選手之後會投入比賽，可能會成為我的對手，我打算站在二樓的觀眾席做筆記，只是我走入場館之後沒有一分鐘，我就在人群中發現一個熟悉的臉龐……

一見到她，彷彿整間體育館內的人都同時安靜下來，彷彿全部的人都停下動作，我的眼中只看見她迎面走來。

畢竟她與我如此相像。

她是我人生之中面對過最不可思議的人，因為她看向我時，對我而言，好像照著鏡子似的——

她是我同卵雙胞胎的妹妹。

我看著她，一時之間說不出話來，她站在我面前也同樣驚訝不已，我們沒有預料會在此第一次見面。

其實媽媽曾對我說過，我有一個妹妹，但這都是媽媽喝醉的時候才說的，我總是不把這當一回事，直到今天我遇見她，我才知道媽不是亂說。我忍不住走向前去，和她到場邊聊起彼此，一聊起父母就知道彼此真的是姊妹，我才發現她知道的比我多更多。

「我有聽爸爸說過，我在台灣有一個媽媽和姊姊，只是爸爸和我說……我還不能和妳們見面……」

妹妹拿起手機，給我看爸爸發給她的訊息，從他簡潔的對話看來，我的親生父親是個很嚴格的人。

「我只知道我好像有一個妹妹，但我不知道……」我再次看向她的臉，一時之間還無法適應。

我曾經聽過媽媽喝醉時，說過爸爸的事，他們兩人在婚後常吵架，最後決定離婚。我還知道媽媽在離婚後，就氣得把手機內的照片全都刪掉。媽媽對我說，丟棄掉全部過去，生命才能重新開始，只不過媽媽後來又酒醉著說，她其實後悔當時太年輕太衝動，把數位照片全都刪除，如今沒有備份也沒有底片，幾年過去後，竟然已回憶不起來……我更沒想到我那喝醉的媽媽又說，等我長大到二十歲成年，我可以去美國和妹妹和爸爸見面……拜託，誰會相信一個喝醉的大人胡言亂語……

「真沒想到……這麼巧，妳也練跆拳道。」我看著她，小心翼翼問起，她有點不好意思的看著我，聳聳肩說。

「我在美國就黑帶了，但是我在美國的教練說，回台灣還是要重新參加一下儀式，這樣才會被大家認可，很好笑吧。」

妹妹說，她練跆拳道的理由很簡單，在美國，亞洲家庭會要求小孩要自立自強，自己強壯起來才能避免各種歧視，所以許多亞洲孩子都送去學武術，加上爸爸小時候學過跆拳道，社區裡剛好有一間韓國教練開跆拳道館，所以她就去練習跆拳道，到現在學了兩年多。

「那我呢，我學了……」我仔細想了想，今年十二歲半，我扳著手指算著才和妹妹說。「九……不是，滿十年了吧。」

「那不就從兩歲就開始了？」她瞪大眼，不可思議看著我。

和自己相同的臉龐突然做出不可思議的表情，對我來說，彷彿看到鏡中的自己突然做出不一樣的動作，這真是會讓人嚇一跳的怪異感覺。

從小分開十年多後，我遇到和我自己長得一模一樣的妹妹，但她不是回來和我見面，回來台灣也不是為了跆拳道。

「爸在美國當軟體工程師……公司把他調回來台北一年，爸說要讓我接觸亞洲文化，說這樣對考大學有幫助，所以我也要跟著回來，之後放長假再回美國……其實坐飛機又累又無聊，我很不喜歡。」

她有點無奈聳聳肩，不過隨後又一副「管

他的」的模樣，也就是這樣，她說的話讓我總是有些迷惘……

因為，她就像是我自己「想像中的樣子」。

我曾經用手機中的拍照特效功能，把自己的頭髮染成金色。我也在學校辦活動的時候，穿上同學借我的橘子色圓點洋裝，用手機拍照軟體把自己變出貓咪耳朵，只不過現實中的我從沒做過這種打扮，我的衣櫃裡面只有幾套素色的衣服和裙子，因為跆拳道比賽的關係，我也從未染過頭髮，儘管媽媽房間的桌上有化妝品可以偷用，但我從來都沒有化妝過。

「所以妳是我的姊姊……嗯……姊姊，很不習慣的叫法……」她看向我，皺著眉頭說起。「不然這樣好了，叫妳英文名字好了，妳有什麼英文名字？」

我搖搖頭，我的名字是陳嘉妮，英文課時的英文名字是老師指定的「珍妮佛」，妹看向我脖子上掛著的活動參觀者名牌。

「啊，妳是陳嘉……妮，那就叫妳安妮了，好嗎——真不好意思，我中文字會的不太多，中文真的太難了……哈哈。」

她真的和我很不一樣，不管說什麼都笑嘻嘻，說起自己的不足的時候還會開自己玩笑，不像我，總覺得是自己的能力和天分都不足，常常一想到自己追不上進度，就沮喪得不得了。

「對了，妳叫我『露露』就好了，我是陳嘉露，英文名字是露莎，不過我回來台灣就不想用這個名字了。」

她竟然能決定自己的名字，這不禁讓我想著，其實我到目前為止的人生中，似乎沒有太多事情是「自己決定的」。

與她相處一小時，我們忍不住說了好多話，大概是因為就像對著鏡中的自己不斷說話吧，若是和真正的陌生人說話不可能這樣快就熟起來。從她那裡，我知道了我們是剖腹產出生，醫生決定我是姊姊，她比我晚一分鐘出生，成為妹妹。爸媽在我們一歲多時決定離婚，兩人決定各自帶走一個孩子，反正雙胞胎女兒容貌一樣，身高體重、就連喝奶水的容量都一樣，吃飯睡覺起床的時間都差不多，就連睡姿都相同，如果是這樣，誰帶誰走，不都一樣。

「這是爸和我說的，其實我以前也不信……」妹對我說。「所以我就被帶去美國了。」

雖然我們非常相像，但我們給不同個性的人帶大，所以我們成了不同的人……看著她的姿態，一時間我竟然覺得，如果當初爸爸抱著我去美國，那我會有什麼不一樣？

我突然想起許多小時候吃過的苦頭，許多媽媽晚回家時的擔憂，與獨自一人在家時的寂寞。我突然想著，如果當初是我被帶去美國，那眼前的女生就會成為現在的「我」，而我就會成為我「想像中的樣子」，是這樣嗎？

在我腦袋不斷思考的時候，會場播放起大會廣播，即將展開活動。

「啊，輪到我了，等我一下喔。」她起身和我揮揮手，快步跑去會場，晉級黑帶的活動即將開始。

她站定在場上，開始展示自己的招式，隨後踢破木板，我看著她的品勢，身體的姿態都非常優秀，我嚇了一跳，她看起來不像只練兩年。

測試結束，她對著裁判鞠躬，離開會場後，我跑去找她。

「恭喜，沒問題了。」我和她說，她眼睛笑得彎彎，和我伸手比著V，勝利。我忍不住拿起手機與她合照，還發了一張照片給媽媽後，只是沒想到媽媽傳來生氣的貼圖，我有點緊張，拿著媽媽發的生氣貼圖給妹妹看，她皺眉對我聳聳肩。

「沒關係啦，應該不會怎樣吧。」

對她來說，媽還是一個陌生人，我也不知道媽面對回國的妹妹會怎麼想？

這天晚上，爸媽見了面，我們臨時約在車站附近的火鍋餐廳裡。我和妹則是搭捷運和爸媽在餐廳集合，先來的是爸爸，這是我第一次見到他，只是我看著陌生的他到來，我的手竟然忍不住發抖起來。爸看著我，一時間也不知道該說什麼好，還好媽媽隨即到來，只是媽馬上生氣質問著爸。

「怎麼回台灣不先告訴我，好啊，你們一夥的嘛！」

坐在火鍋店內，媽看向我，生氣的模樣好可怕，我有點怕她打翻火鍋燙傷大家。

「這次回來……我打算等穩定了才講，我們還住在朋友家，打地鋪呢。」

爸一直看著我微笑，讓我有點不知該怎麼回應，他有時對著我說話，也不知道他是不是搞錯我和妹妹。看爸媽說話中帶著吵架氣息，我和妹趕緊吃完東西，藉口要去看餐廳內展示的聖誕樹，留下他們兩人繼續說話。

聖誕樹上的燈光閃爍，照映到妹的臉上。

「這樣的話……那你們會回來多久啊？」明明離爸媽很遠，但我小聲的問。

「我猜至少一兩年吧。」她比著一個聖誕樹上掛著的雪人，看向我微笑。

「之後呢……我是說回來這陣子之後呢？」

「還是會回美國吧。」她一邊說，儘管聖誕樹上掛著的招牌寫著「請勿觸摸」，但她偷偷摸著樹上的小麋鹿玩偶，還拿起手機和小麋鹿合照。

我想也是，畢竟她是在美國長大的，雖然我們長得很像，讓我有一種錯覺，彷彿她和我一起在台灣長大，但現實是，待在台灣只有我一個。

我們看著一旁夜間的落地玻璃窗倒映著的我們。「只看臉，真的一時間會認錯啊。」她笑著比著鏡子中的我們說。我看著鏡中的自己，想像自己的靈魂在她的身體中，我穿著漂亮的衣服，頭髮染色，說著一口流利的英文。然後我閉上眼睛意象訓練，想像我們兩個從沒有分開的樣子，想像一張母女合照中出現兩個孩子，不是只有我一個。

晚餐結束之後，爸和妹站在門邊準備離開，我和媽一起在門口點點頭，說再見。

「我走囉，安妮，掰掰。」她揮揮手和我說再見。

「露露，掰掰。」我輕輕揮手說。

我笑著揮手和她說再見，今天發生的事讓我有點想笑，卻又覺得好荒謬，看著她走遠後還停下腳步，遠遠和我用力揮手，媽拉著我就要離去，我也趕緊回頭遠遠與她揮手，用力的說再見。

第3章

隔天回到道館，我不斷踢著踢靶，幾乎用光所有氣力。

「欸，妳幹嘛啦，發瘋了喔。」蘇品華對我大吼。

拿踢靶的是蘇品華，她左耳天生聽力喪失，所以我總是要去她的右邊講話。

「沒有啦，快比賽了還是要認真一下！」

蘇品華有一隻耳朵聽力不足，所以辨認方向會有問題，在馬路上也要小心，因為會不知道是哪個方向傳來煞車或喇叭聲。比賽時也是，如果場邊有女教練突然大叫「踢中段」，蘇品華一時間會不知道那是自己教練叫的，還是對手教練叫的。

「輕一點啦！」蘇品華踢靶拿遠了一些。「阿妮，妳今天怎麼了，吃太飽是不是，力氣用不完喔？」

蘇品華一邊問，一邊把踢靶愈擺愈高，當踢靶舉到頭部時，我用力一個上踢，踢靶被我踢飛，撞到蘇品華的臉之後，碰一聲掉到地墊上。

「唉呦，這麼用力幹嘛啦……」蘇品華馬上流下鼻血，我趕緊開冰箱拿冰敷袋和衛生紙，幫她止血。

「欸，妳有兄弟姊妹嗎？」止鼻血的時候，我才問起坐在地上的蘇品華。

「我有一個妹妹啊，妳不是有看過嗎——不過她耳朵是好的。」蘇品華比著自己的耳朵說道。「她和我不一樣。」

一邊照顧流鼻血的蘇品華，我想了想，才把壓在我心底的話說出口。

「我前幾天遇到了我的妹妹……」

「什麼，妳有妹妹？」蘇品華驚訝的爬起身，沾著鼻血的衛生紙掉在我的臉上。

「唉呦，很髒耶。」我趕緊把鼻血衛生紙塞回蘇品華的鼻孔裡。

其實蘇品華說的話，也是我心底的疑問，我到現在還在問著自己：「什麼，我有個妹妹？」

我對蘇品華說出了我和妹妹的祕密後。「蛤，妳的妹妹和妳長得一模一樣？」蘇品華再次大叫，她看著我手機中有我和妹妹的合照，驚訝到嘴巴合不起來。

儘管已過了一天，我還是想不明白，為什麼媽媽要對我隱瞞爸爸和妹妹的事，我也不明白，為什麼這十多年來爸爸不會想來找我。大人的世界充滿我不能理解的問題，我跟著蘇品華躺在地墊上說起這些疑慮，幾個深呼吸之後，我才說出我心底從未和別人說起的疑惑。

「會不會……因為我和我妹長得一模一樣，所以對我爸媽來說，隨便帶哪個走，不都一樣嗎？」

我看著天花板上的日光燈管，每一根燈管都長得一樣，反正我和妹妹長太像了，既然如此，爸媽帶走誰都一樣，是這樣的意思嗎？

「如果是我的小孩，我會不想要她們分開吧。」蘇品華轉過頭來看著我說。

「問妳喔，如果妳是我爸爸，妳會選誰帶去美國？」我皺眉頭問蘇品華。

「我……」蘇品華想了想就激動起來，一滴鼻血又從她鼻孔滴下來。

「不要問我這麼難的問題啦。」

林教練來了，坐在她的教練寶座上查著電腦，看電子信箱裡有沒有報名郵件，看家長間的通訊群組有沒有意見，如果沒有的話，等學生來之前林教練都在看購物直播，看完之後學生都差不多到了，剛好可以接著上課。有時候下課送完學生時，林教練才好懊惱的和我說，剛剛她想要搶限時購物，買十箱平版衛生紙送捲筒衛生紙一串超划算，但因為要照顧學生所以沒搶到。

「可惡啊，一次買十箱可以省一百元啊！」教練懊惱的直皺眉頭。

林教練是我除了媽媽之外，人生中相處最多時間的女性，畢竟要撐起一個道館可不容易，她必須時時刻刻注意網路大特價，因為網路購物免運費，可以讓她不用四處去張羅器材、採買物品，只要在樓下等貨運就好。

其實我也想問林教練關於我妹妹的事，但是看到她專心搶特價商品，我一時間說不出口。等學生陸續到來，在軟墊上追逐、跳躍，拿著軟布球玩起躲避球，直到上課時間到，林教練馬上關掉電腦與大家一起暖身。

上課已十分鐘，林教練看同學們還在分心，隨即抬腳起來要做上踢的示範，但是一踢出去突然跪坐地上，面色難看。

「唉呀呀，抽筋了啦！」

林教練趕緊坐在軟墊上痛苦得緊閉眼睛，來練習跆拳道的小孩最喜歡看教練受苦，儘管這是個「老哏」，但林教練就是會演一下讓小孩子發笑，之後趕緊拉筋，和大家說。

「你們看，熱身多重要啊，對不對？」

林教練上課有她的模式，特別是宇光道館會收一些有狀況的學生，像這堂課有個過動兒學生，我們都叫他旭旭，上課時旭旭總是到處亂跑，根本就不受控制，他常被林教練抱著，從軟墊上像拔蘿蔔一樣拔起來。

「集合！」教練一把抱起了旭旭，讓他回到了位置上。

每次當教練開始訓話的時候，旭旭就會開始鬧，這是他過動的特色，我在林教練身邊聽過旭旭的爸爸抱怨，旭旭在學校上課時會突然站起說話，有時突然跑出教室，讓學校老師追不上，直到來上跆拳道後，已經能夠自制一些。

「這要這樣踢啦，腳抬高啦！」不只是旭旭，還有蘇品華聽力出問題，林教練喊完後才想起來，要到另外一邊喊她才聽得清楚。

或是，有個國中女生每次來上課，都坐在場邊看數學課本，儘管看來不認真，卻每週準時到來；還有個過胖的男孩，每次光跑步都全身大汗不止，踢腳出去有時會失去平衡跌倒，儘管每週都來認真運動，卻還是一樣胖。

其實我之前不明白為什麼林教練會收這樣的學生，後來知道，都是家長拜託的，所以我常想，我應該也算這種「有問題的」之一吧，對林教練來說，道館的任務要是練習跆拳道，可能也算是一種「附帶跆拳道」的安親班，就像小時候接納我一樣……

今天下課時，林教練和我一起收拾，我關起道館門準備回家前，林教練才在門邊問我。

「阿妮，那個……有事要拜託妳。」

「要我幫忙代課嗎？」我問起教練，有時候我會幫忙去教幼稚園孩子練習跆拳道，只不過今天林教練卻對我露出難得的傻笑。

隔天，林教練帶我去「相親」。

「其實也不是相親啦——」開車時，林教練抓抓頭說。「是朋友的媽媽的鄰居介紹的……不好意思拒絕，認識一下也好。」

「這樣可以嗎？」我穿著和同學借來的短版牛仔外套，穿上和同學交換的高鞋子，讓自己看起來更高一些，只因為我要演一個「很大的小孩」。

在咖啡廳外，教練對我耳提面命。

「記得，半小時之後妳一定要來喔，要記得時間啊。」林教練一臉緊張，和平常的穩定感完全不同。

「好啦，我知道啦。」我皺眉頭說。

「記得，來到我旁邊就叫我『媽』喔——」林教練說著，忍不住還自己偷笑一聲。

林教練走入咖啡館之後，我只能在附近遊蕩，時間還沒到好無聊，我傳訊息給妹，不知道她在不在，那天和她分開之後，她一直都沒回我訊息，我待在咖啡館對面的路上，坐在路邊階梯上看著手機。

我撐著下巴，看著妹在通訊軟體裡的顯示照片，怎麼說呢……大概就和電影或是影集裡看到的美國人很像，是會戴著墨鏡在陽光下走過的亞裔女生，看來健康又有活力，還會溜滑板去上學，總是手上抱著很多科學圖書，走過學校裡有著亮橘色油漆的長走廊……

要執行了我的「任務」了嗎？我坐在一旁街道邊抬頭看才發現，咖啡店窗邊，林教練正和一個成年男子聊天，遠遠看來，林教練好像有點尷尬，林教練不時看向窗外，不知道是不是在找我，這讓我緊張起來，看著手機上的時間，已經快到教練要我進去的時候，每次場上比賽我都不緊張，但要對著教練喊「媽媽」，還真的尷尬到不行，我開口先對著空氣練習幾次「媽媽」之後，深呼吸，緊張的走進去咖啡店，走到林教練身邊正要開口喊「媽」的時候，林教練突然看向我，先是動手比著「噓」，再比出要我離開的手勢。

我整個呆住，怎麼和計畫的不一樣。

「她是誰啊？」桌前的成年男子這樣問起，林教練拿小湯匙溫柔的攪拌咖啡杯說。「哈哈，以前認識的女學生啦，很煩耶，有什麼事回去再說就好。」

真是的，要我來又要我離開，我繼續坐在路邊階梯上覺得好冷，妹突然傳訊息來。

「妳在幹嘛啊？」

她問起我，我就順手拍了一張自拍照給她看。

「現在不是很晚了嗎，為什麼妳還坐在外面？」妹問我。

「嘿嘿，祕密。」我故作神祕，但是馬上就把祕密說出來。「沒啦，我幫教練一個忙，要我在她相親的時候演她的小孩，沒想到她竟然和那個男人聊起來了。」

「哈哈，還有這種事情喔。」

看著妹傳來大笑的貼圖，我也忍不住偷笑，看著顯示照片中戴著墨鏡的她，忍不住又好奇起來。

「我……想看妳在美國時的照片，可以嗎？」

「可以啊，等我一下，我找一下。」

她說好，沒一分鐘咻咻咻傳來一大堆照片，都是妹在美國的生活自拍照。

妹住在一個有著綠草庭院的屋內，屋邊有個大車庫，家裡有一台看起來很長的黑色轎車。妹和一隻大拉布拉多合照好多張，不過這隻狗似乎是鄰居養的。她讀的小學是一間老學校，校舍看起來很典雅，班上同學有好多黑人。我還記得，上課有教到美國是人種大熔爐，也是世界上最有錢的國家，林教練說很多人賺大錢就會移民去美國，如果可以，她也想這樣。

我發現妹的每張照片中都有著笑容，我打開我手機內的相簿，看著自己的照片，雖然我常常自拍，也會和同學合照，但每張照片之中的我，看起來都沒有妹那種開朗的笑容。

又過了半小時，林教練才走出來，一走出來就和我揮手。

「不好意思啦，他還滿好聊的。」林教練帶了一杯外帶珍珠奶茶給我，和我道歉。「早知道這樣就不要叫妳來了，害妳今天沒練習到。」

我接過溫熱的珍奶，抬頭問了林教練一句。

「教練會想結婚嗎？」

這問題問得教練傻住，讓她有點不好意思。

「結婚啊……其實我……有想過，如果我和妳媽一樣早點結婚，可以有妳這麼大的女兒耶。」教練微笑著說。「但是我捨不得放棄跆拳道啊……」

「跆拳道和結婚……不能都有嗎？」我邊喝珍奶邊問起。

「這個嘛……」林教練想了想，沒有回答我。

林教練開車載我回家，她的車是十多年的老轎車，有時候冷氣會秀逗，林教練拍了一下冷氣面板，但冷氣也沒有變回正常，她只能打開車窗，以免我們覺得太悶，窗戶風吹得我們兩個人的頭髮呼呼飄起。

教練邊開車邊哼歌，我發覺她和媽媽最大的不同——林教練好像還很「自由」。

「其實教練明明就想談戀愛，還說沒有！」我說。

「唉呦，我大人了啦，要談戀愛是我的事。」教練一邊開車一邊吹口哨，還故意皺著眼皮看向我，

教練這時候看來還一臉無所謂，不過沒幾天後，教練收到手機訊息，是那天相親的男子發來的：「我們不適合，真抱歉，我們可以先當朋友。」

那天，林教練出盡全力似的，碰碰碰的踢著牆壁上的軟墊，踢得滿頭汗水。我坐在一旁看著林教練，想著爸和媽之間，那些我永遠不懂的感情問題……

我坐在地墊上撐著下巴，轉頭看著鏡子中的我自己，真不知道當我變成大人以後，會變成怎麼樣的人……

第4章

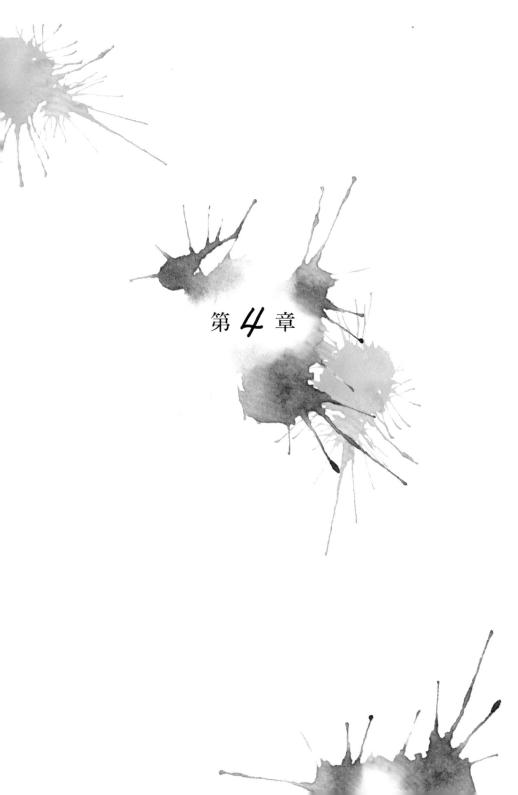

小學畢業升上國一後，一切都和過去不一樣，穿上新制服，遇見新同學。和國小最大的不同，是我們班的級任老師說，學校要讓大家跟得上時代，中午開放可以用手機，但不能把聲音放出來。

「總不能讓我們這些五六十歲的人，去決定你們十幾歲的人未來，你們這時代需要利用手機來學習、來賺錢啊，我們都要退休啦，跟不上你們了啊。」老師說，學校開放休息時間可以用手機，也要求大家學會自制，儘管大家都心知肚明，其實大家都下課時在廁所偷用手機，只有中午是「合法使用手機的時間」。

吃便當時我打開手機，身邊男同學們討論手機遊戲的戰術，而我在桌前看別人的跆拳道影片，回想林教練和我討論的戰術。

「這次參加盃賽，對手能力和妳相當，妳要贏，就要多看別人的比賽，讓自己去想，如果是自己打這場比賽，自己能『怎麼打』。」

我一邊看著比賽進度，耳中傳來的是女同學們在正在討論化妝的話語，我好奇抬頭看，一位女同學正從背包內拿出一大盒粉餅和眼影。

「我看一個Youtuber化妝頻道教的，吃完飯我們來試妝看看吧。」

學習化妝的女同學們，手機內常常播放的畫面，都是一個女生對著鏡頭化妝，原本平淡無奇的臉龐，在經過巧手化妝後，便有了一張「全新的漂亮臉蛋」，彷彿魔術一樣，我常想林教練在那天收到「相親交友拒絕訊息」之後，應該也會想學怎麼化妝吧……

「阿妮，那妳在看什麼？」女同學好奇湊過來一看。

「我啊？」我拿起手機給大家看，我剛看完了少年組的跆拳比賽影片，現在正在看朱木炎在二〇〇四年得到奧運金牌的比賽，他連續飛踢，踢得對手四處奔跑。

「畫質很爛耶。」女同學們好奇湊過來看了一眼，全都皺眉頭。

「那當然，都是十幾年前的老影片了。」我聳聳肩，無奈說起。

同學們離開，繼續討論他們的電玩和化妝，我看完影片，和妹傳著手機訊息，我自顧自說著升上國中的事，她都隔一兩天才會回覆。只不過，今天她突然回應我的訊息：「我最近跟著爸回美國幾天，時差還沒調回來，才剛起床。」

我眼睛發亮趕快打字回她，她陸續傳來幾張這幾天在美國的生活自拍，她住的地方陽光燦爛，藍天白雲，美國看來真是舒服，只不過看著「自己的臉」站在美國的陽光下，但我知道那不是我。

也許是最近台灣都下雨的關係，明明她傳來陽光照片，但我看著，心情卻有點鬱悶。

升上國中一年級後，課業比國小時更重，林教練說得很明白，想去比賽就要先把功課顧好，沒有一間道館能夠承擔「因為跆拳道所以成績退步」的罵名，家長如果有這種印象，就不會讓小孩再參加跆拳道。

從小我就知道，學習跆拳道的人們來來去去，有人帶著要成為跆拳道國手的想法進來道館，有人帶著治療過敏的想法來練習體能，但是不管怎樣的念頭，最後這些同學都陸續離開，學員換了一輪又一輪，畢竟就算有興趣，最大的問題還是——功課，只要功課追不上，家長就不會讓同學再來道館，時間拿去補習國英數……

由於我幾乎就在道館長大，林教練除了讓我練習，也會監督我的課業。

今天下午的英文課堂小考，我只考了六十分，畢竟我只想趕快寫完，趴在桌上睡著，也沒有去想自己寫的到底對不對。晚上回道館時，林教練不斷注視著我的臉。

「妳今天怎麼有化妝？」

我下課時，給同學試妝的眼影和腮紅都沒有洗掉。

「沒有啦，同學帶化妝品來，我給她們當模特兒練習啊。」

「這麼好喔。」林教練有些生氣。「上學還能學化妝喔。」

然後我把英文考卷交給林教練看，她馬上頭上冒火。

「英文六十分，這種分數還敢拿出來，傻了啊，以後出國比賽，英文聽不懂，連會場都去不了啊。」

林教練訓話很有道理，以後比賽遇到外國人也要說英文，出國也要說英文。

「好啦……」我坐在場邊背著單字表，背完之後再去練習踢擊，只不過我一邊踢，一邊回嘴。「那教練呢，妳也沒出過國比賽啊？」

林教練一聽，整個眉頭都皺起，

「好啊，自己考試成績不好還怪我啊，青春期喔叛逆喔，頂嘴！」

或許是教練被我回了一句後生我氣，這天的練習量就變得很重，拉筋時要壓更高的重量，練習更多組的體能。

國小之前打少年組，大家都還沒進入青春期發育，不管是力量、速度，都還沒有極大的差別，但是進入青春期後，有些人會在短短數月內長高了十多公分，不管是力量和反應，都強過慢些發育的人，國小時強的選手只要青春期時沒長高，沒變壯，最後就是會被人追過。

我的身體，就是屬於慢些發育的類型，我整個人趴在地上拉筋，教練還把自己體重壓在我身上，我的雙腳彷彿要拉筋斷掉，我全身冒出痛苦的汗水，但我咬牙忍耐這段訓練。

「阿妮，筋要更拉開啊，以後還想要贏，現在就要開始加大訓練量！」

教練說的我都知道，只不過隔天早上起床時，我全身痠痛到差點無法從床上爬起來，身體沉重得好像不是我自己。或許就是這樣，我常看著鏡子裡的自己，再看向手機裡，在美國總是有笑容的妹妹……

最近每天晚上的基礎練習時間都拉長，原本的跳繩兩百下成為了四百下，拉筋忍耐時間從三十秒成為一分鐘，各種肌力和爆發力的練習時間全都拉長。我練得更疲憊，課表更重的結果，我隔天上課時，總是一寫完練習卷就趴在桌上打盹，總是能沒有一分鐘就睡著。

「阿妮，妳怎麼每天都這麼能睡啊，妳不是應該更有體力嗎？」

女同學問我的時候，我都只能點點頭，打個哈欠之後繼續睡。

「我不知道誰能做完這些練習以後，隔天還能很有精神……至少不是我……」

經過這麼多準備，終於比完我國中時的第一場比賽，這是地區型的小盃賽，從早上打到下午，按照賽程到冠軍賽會有六場比賽，我十分順利踢下每個對手，直到決賽，我輕鬆取勝，拿到了這個小比賽的金牌。

其實比賽拿到金牌的興奮感，大概只有前幾次參賽時會有，裁判比向我這方，我平淡的鞠躬下台後，林教練雙手扠腰站到場邊，對著我大吼。

「搞什麼啊！」

我呆住，比賽不是贏了嗎，我幾乎讓對方無法得分，只不過按照林教練的戰術，對手對於上端防禦的反應慢，我應該要不斷攻擊對手頭部，但我最後卻是連續以側踢得分。

「最後那一腳是怎麼回事，誰叫妳這樣踢的？」林教練大聲罵我的時候，場邊的其他選手和教練，都忍不住回頭看向我。

「贏了就是贏了！」我忍不住對林教練大吼。「她防禦不了，我想怎樣攻擊就攻擊啦！」

林教練握緊拳頭，比著剛剛輸給我的對手。

「妳知道吧，她本來就知道會輸掉比賽，妳第二局就可以結束比賽，讓她拖到第三局，她就完成自己的比賽目標啊，妳不懂嗎？」

林教練竟然對著我大吼，從小到大，林教練都沒有這樣對過我，我被她這樣一罵就愣住，我深吸口氣，怎樣都無法讓呼吸平順下來。

比賽結束頒獎後，我拿起這個獎牌放在胸前給大家拍照，林教練也拿起手機拍了一張照片，我假裝起自己有笑容，但笑容太難假裝，我已經踢到金牌，為什麼還要受到這麼大的壓力，還要被這樣臭罵。

坐教練的車回去時，我打開窗戶吹風，教練邊開車邊說。

「還想要更上層樓，就是要好好計畫，還要準確達到計畫，妳沒有達到計畫，還和我大小聲，回去馬上開始加強鍛鍊！」

我把車窗開更大，風聲呼呼吹著，讓我的頭髮不斷飄著。

「風太大聲了，聽不清楚……」

最近我總是當作沒聽到林教練說的話。

從小到大比賽，常常沒有鼓勵，永遠都在鍛鍊，一時一刻都不能放鬆，同學下課在討論手機遊戲，我只能回想教練與我討論的戰術。大家討論的電玩，角色死掉可以重來；而我受個腳傷都會痛苦一個禮拜，就連走路爬樓梯都麻煩。

大家在玩的時候，我在道館練習；道館休息的時候，我也要去外面跑步。每天上課，都能看到女同學把自己弄得乾淨漂亮，而我看起來總是滿頭汗珠，只能綁著馬尾，看起來又髒又土。

更讓我難過的是，在我拿金牌回家的那晚，我把獎牌掛在入門時的衣架上，希望給媽一個驚喜。我永遠記得，媽在我七歲第一次參加比賽，拿第三名回來時，她激動擁抱著我，說我比她小時候厲害太多太多。只是今天已晚上十點半，媽媽卻還沒回家，我打她的手機都沒接，實在令人擔心，我直接到樓下的花圃邊坐著，等她回家。

終於，一台計程車停在家附近，我一看就知道是媽媽，趕緊跑過去打開車門，媽媽下計程車後走了沒幾步，就失去平衡坐在門口邊。媽媽喝得很醉，我上前去扶起她，還好我有肌力訓練，能夠撐得起媽媽的體重。

「啊，是阿妮啊——」媽媽抬起頭來，看向我的臉笑了起來。「我的女兒好可愛啊。」

「媽，妳幹嘛喝酒啦。」我很生氣，她不只一次喝醉。

「還不是要賺錢……業務就是這樣啊，我有坐計程車回來啦，很安全啦——嘔——」

媽媽突然吐在一樓花圃邊，吐了好久，公寓樓上有人打開窗，探頭出來看向嘔吐的媽媽，讓我覺得好丟臉……

「不要吐了，我帶妳上去啦。」

我吃力撐著媽媽走樓梯，真希望這時候長出另外的手和腳，或是變出另外一個我，能幫忙負擔媽媽的重量。

「很……很丟臉對不對……」媽虛弱的在我耳邊說著。

「沒有啦……」我一邊撐著媽媽，她又嘔出一些胃液在我身上，真的好臭，讓我也覺得好噁心，差點跟著吐出來。

「我知道……妳想要和妳妹妹一樣，離開我對不對？」

不知道為什麼，媽媽一回到房間躺下，突然醉著對我說出這句話，一瞬間我覺得好想哭，我是想要過好一些的生活，但我也只是想想而已，從來都沒有對媽媽說出來這些話。

我想，或許是媽媽親眼看見妹妹後才這樣想，因為很明顯的，爸爸照顧的妹妹就是看起來比我健康，能力也比我好，學業成績也不錯。

如果我們不是雙胞胎就好了……不同人就不能這樣比較。

「沒有啦……哪有什麼，妳不要亂想啦！」我先拿著抹布把地上擦乾淨，再拿毛巾把媽媽身上的嘔吐物擦掉。

「早知道……當初就讓妳爸爸……把妳們都帶走了，這樣是不是比較好……我真是的，那時候逞強什麼啊，我根本就養不起妳啊，

對吧……妳爸爸這麼有錢，還住美國……早知道那時候就不要妳了……我就輕鬆了……」

一邊幫媽媽擦拭乾淨身體，聽著媽媽說著這些話，她說完後就睡去，讓我聽了覺得好心酸，我很努力和媽媽一起生活，我從沒有和媽媽抱怨過，我走到門邊好想哭，看著獎牌吊在掛衣架上，我生氣抓起獎牌，一把丟到了垃圾桶裡。

唉，要是沒遇到妹妹就好了，她看來比我好太多，她聰明、大方、自信，比起來，我像是個撐起尖刺的刺蝟，我愈想愈難過，整夜不能好睡，隔天下課之後的道館練習，我累得不得了，腳踢不出力。

「搞什麼啊，有氣無力的，沒吃飯喔！」

林教練叫住我，但我沒有回答，只是一直踢。

「蘇品華，妳過來和阿妮打！」教練看著正在練習的選手們大叫。

戴上護具，蘇品華站在我面前，我和蘇品華認識五年多了，當年她來參加道館訓練時身高還比我矮一些，現在她比我高上半顆頭。

「蘇品華，今天不能留情啊，給我狠狠的踢！」

蘇品華比我高也比我重，要和比自己高量級的選手打是很辛苦的事。練習開始，我衝上前去，馬上一個正拳在蘇品華的胸盔上，但我馬上被正踢，還好我防禦著又跳開沒丟分，我們隨即互踢頭部，我的腳明明幾乎都要踢中蘇品華的頭，只是蘇品華的腳比我長個三公分吧，我只要警覺自己就要快被踢中，便縮起腿來躲避蘇品華的攻擊。

「搞什麼啊，阿妮啊，妳的攻擊都沒用啊！」

林教練在場邊大叫，我和蘇品華展開第二次互踢的攻擊，這次我被蘇品華準確踢到頭盔，儘管戴著防護頭盔，但我開始有些暈。我退開一步之後又衝進去，跳起迴旋踢，蘇品華被我踢到護盔之後，反而沒有退後，一步往前逼近，壓得我失去平衡跌在地上，肩膀摔地痛到大叫。

第一局結束，林教練手指著我，要我下去。

「不要比了，不要和別人說妳是我培養的選手啊，搞什麼啊，都練幾年了，怎麼和菜鳥一樣，打不會打，守不會守，連逃都不會啊！」

我喘著，滿頭汗水倒在地上。

「還好吧？」我左邊肩膀摔痛，一時間起不了身，蘇品華摘下頭盔拉起我，林教練就去幫忙別的同學去了。

不知道林教練幹嘛對我這麼凶，難道就因為我不聽她的話嗎？

今天星期六，離開道館之後的路上，我看著手機內的社群軟體，國中新同學們都貼著「限時動態」，說今晚去哪裡玩，吃了什麼大餐，就只有我在練習。離開道館回家前已經晚上九點，我站在路邊發臉書訊息問媽媽在哪，她已讀了，卻沒有回我。

我坐在路燈下的階梯上，發一張自拍照給妹，她馬上已讀，還發訊息問我。

「妳是不是去練習啊，看起來怎麼滿頭汗？」

我和妹正要聊天，教練卻突然發訊息來。

「妳明天下午來加強練習。」我一看到林教練傳來的訊息，二話不說就把教練封鎖。

平常離開道館後，要往左邊走路十分鐘回家去，但我想了想，今晚的我搭上了公車，往右邊去。

第5章

在公車上靠著窗，我貼文在我的臉書上。

「誰可以收留我一晚啊？」

沒一分鐘，一行字突然跳出來：「來我這啦。」回應我的是小秋。她一回應，我馬上回應「好」，然後就把貼文刪除，畢竟怕被大人們看見。

公車到了終點後，我走了十多分鐘到一個公園去，公園邊有一個夜市，以前的道館同學小秋就在這裡幫家裡顧攤。星期六晚上夜市滿滿的人，小秋坐在路邊機車上看手機，抬頭一看到我，趕緊跑上來。

「幹嘛逃家啊，妳媽知道嗎？」

我搖搖頭，沒有說出口。

小四的時候，我們常搭檔一起練習，只不過小秋現在不練跆拳道，是個滑板少女。她和媽媽在夜市賣衣服，衣服攤旁邊的小吃攤專賣炒麵和豬血湯，兩個攤位都是自己家的，所以小秋兩個攤位都要幫忙照顧。

我去小秋家的小吃攤旁邊站好。「這姊姊是誰啊？」小秋的媽好奇探頭看向我，因為我身高比小秋高，看起來比實際年紀大一些。

「妳忘了嗎，她是阿妮啊，我以前跆拳道同學啊，以前都和我一起練啊——她今天想住我們這邊，可以嗎？」

小秋的媽媽很忙，看我是認識的人，馬上點點頭說好，繼續手上的工作。

小秋端炒麵和豬血湯給我當宵夜，我一邊吃炒麵，一邊看著小秋跑來跑去兩邊幫忙照顧店面，有時候幫忙找衣服，有時候幫忙端盤子，她和我一樣國一，這樣幫忙大概就沒空複習功課吧，只是我以前從不知道夜市工作有這麼忙碌。

「收攤交給我媽，妳和我來吧。」已經很晚了，小秋轉頭看向我，我打了好幾個哈欠，和她點點頭。

這晚，我去了夜市附近的公寓五樓，第一次到了小秋的房間裡，漆成鵝黃色的小房間內鋪滿米色的塑膠地墊，上方鋪著薄棉被。

「妳就睡我旁邊吧。」小秋去別的房間，拿一條涼被和枕頭給我。

不知道為什麼，看著塑膠地墊，讓我回想起道館的地墊，雖然我才離開幾個小時而已，竟然就如此想著……我趕緊去洗澡，不再想道館的事。洗好澡後才看到小秋房間一個三層櫃上，擺放一些化妝品，還有金色的頭髮噴劑。

「我想用這個。」二話不說，我比著那罐染髮劑。

「喔，學壞了喔。」小秋把噴劑拿起來，比著上面的金髮女子的圖樣。

「美國人的頭髮全都金色的，這樣算學壞嗎？」我說。

「那又不一樣啦，美國人天生的！」小秋看了我的頭髮，拿梳子順了順我的髮梢。「我幫妳頭髮變得布林布林，亮晶晶。」

小秋拿垃圾袋剪破一個洞，好套在我脖子上。

「妳是要離家多久啊？」小秋好奇問我。

「有多久就多久吧。」我說。

「有錢吃飯嗎？」小秋手上的染髮噴劑一噴下去，鏡子裡面我的髮梢就變成金色。

「嗯……只能吃一天吧。」我摸摸口袋，只有一百多元。

「好啦，那妳明天來我家打工好了。」

小秋說得輕鬆簡單，她洗好澡，累了就馬上睡到打呼，我看著牆壁上時鐘的時間，現在半夜十二點半，我在小秋的身旁躺著有點難入眠，畢竟這不是我平常的睡覺時間，過了睡眠的時間點，反而有點亢奮……

燈關上後，聽著小秋睡覺時的呼吸聲，她一隻腳跨在我肚子上被我推開，我看著小秋房間的天花板，想著道館的天花板，還想著自己會踢多久的跆拳道，我會像教練那樣嗎，因為跆拳道，顧著道館到快三十五歲了還沒結婚？

我想了很久很久，直到亢奮感緩緩消失……我終於睡著了。

隔天星期日，我和小秋幾乎睡到中午，昨晚我把手機關機，現在打開之後看到好多未接來電和訊息，但我都沒點開，馬上再關機，只是小秋一直看著手機，緊張兮兮的和我偷笑。

「幹嘛？」我看小秋神祕兮兮的模樣，我也不免好奇湊過去看。「有男朋友了喔？」

「唉喲，是暗戀的人傳訊息給我，不能給妳看啦。」小秋趕緊轉過身還收起手機。

「假鬼假怪——」我和小秋打打鬧鬧，隨後躺在地墊上賴著，我看起小秋之前買的少女漫畫，中午就吃個泡麵，喝鋁箔包的紅茶。晚上，我和小秋去夜市工作，反正夜市做的事情這麼簡單，端盤子，顧店面，如果有問題就請大人來。

營業不久後，我很快就習慣工作流程，夜市的客人來得很快，吃完之後馬上收盤子，把桌子擦乾淨，因為還要幫忙顧隔壁服裝店，麵攤沒客人的空檔，就去隔壁摺客人翻過的衣服。其實對我來說，晚上的時間做這些打工，再忙也比跆拳道的練習輕鬆太多了，難怪以前一起苦練過的小秋，看起來如此輕鬆自在。

「以後還會去踢跆拳道嗎？」我好奇，問起正在摺衣服的小秋。

「算了吧，妳知道我為什麼不想再踢了嗎？」小秋拿起一件有著破洞的牛仔外套，轉頭看向我。

「為什麼？」

「因為我天分沒有妳好，努力也沒有妳一半，和妳一比我就知道我不行，這樣的話還不如好好做些別的啦，妳說對吧。」

原來小秋是因為我才不踢跆拳道？我有點驚訝，不過我沒想太久，因為客人愈來愈多了，我趕緊擦桌子，讓客人坐在桌前，我再端送上炒麵和豬血湯。我忙著擦桌子，眼角餘光看到一個客人坐了下來，我低著頭拿點菜單要走去，抬頭一看……

「啊———」當我看到林教練時嚇一跳大叫，手上的抹布掉在桌上。

「啊什麼啊啦，是看到鬼喔？」林教練拿著筷子敲著桌子。「欸，老闆，我肚子餓了，點菜而已大驚小怪什麼。」

「教練……」我不知所措，轉頭看向小秋求救。

「我客人啦，什麼教練……老闆，我要兩盤炒麵，兩碗豬血湯。」

我嚇得跑向攤位後方，不敢走向前。

「老闆，是沒遇過奧客喔———」林教練繼續用筷子敲著桌子。「我餓了啦！」

小秋趕緊送上一盤炒麵，林教練希哩呼嚕就把麵吃光了，吃完之後還敲盤子。

「小姐，收盤子啊，第二盤咧？」

我終於忍不住，走過去面對林教練。

「妳來做什麼啦，妳最討厭了啦！」

林教練一聽，滿嘴炒麵說著。

「討厭？我又不是妳媽，我是妳的教練，教練一定會被選手討厭，我習慣了。」

我看著林教練咕嚕吞下炒麵，放下盤子走向我前方。

「回家吧，出來玩這麼久了。」

「不要！」我大叫。

「那我等妳洗碗啊，妳在打工對吧。」

我聽了，教練怎麼會知道，我回頭看向小秋，小秋聳聳肩好無奈，和我揮揮手，要我跟著教練回去。

被林教練逮到，身上又沒錢，當然就只能跟著回去，我上了教練的車，有點不甘願。一上車，我就把車窗打開，但林教練按中控按鈕把車窗關上再把冷氣按鈕打開，竟然吹出了冷氣。

「冷氣修好了喔？」我靠著窗說，林教練這才轉頭看向我。「還不是為了迎接妳啊。」

「少來！」我生氣。「迎接我？妳是來罵我的吧？」

「我就愛罵人，怎樣？」林教練看著前方繼續開車。

「妳就是這樣才沒人愛妳，相親才會失敗！」我生氣說出這句，林教練在紅燈前煞車減速，側著頭看向我。

「是啊，我性格很爛，我知道我有很多缺陷啊，自己都幾歲了怎麼可能不知道，我就愛罵人，我就爛，這樣滿意了吧？」

「一定也有教練不會用打罵的吧。」我賭氣說。

「對，這世界上一定有——可是那不是我，哈哈，我就是一個沒拿過大獎牌的小教練，怎樣？」

我不說話，隨後與教練冷戰，沿路十分安靜，但我的手機一直跳出訊息，是小秋和我道歉，她說林教練一直在網路上找人問我去哪裡，因為有朋友看到我和小秋的互動留言，所以林教練後來才來問小秋，小秋只好老實說我在她這邊。

「欸，不要封鎖我喔，我不是故意的。」小秋發訊來和我求情。

「好啦。」我打字傳回去。「封鎖一個月。」

半小時以後，我從夜市回到道館，因為我每天都來道館，只離開一天就覺得離開很久。一上樓推開門，看見媽媽站在地墊上，教練馬上推著我的頭。

「欸，快和媽媽說對不起啊……」

我咬牙，低頭不說出口，畢竟是她喝醉對我說出那些話，讓我覺得很不高興，林教練只好再拍我的頭。

「說啊，她是妳媽媽耶，快說！」

我咬牙低下頭去不肯說，媽媽看著我這樣，小聲對教練說起。

「沒關係，等她想講再講吧。」

等到媽媽一開口，我想起媽媽之前喝醉時對我大吼的話，我再也忍不住。

「我沒有想去爸爸那邊！」

我突然大喊出聲，自己也嚇一跳，媽媽和林教練也被我吼聲嚇到，呆著看著我。

「我跟著妳有什麼不好，為什麼要說那種話？」

「我說了什麼……」媽愣著，這才問我。

「妳之前喝醉時說的啊，妳問我是不是給爸爸養會比較好，妳說妳早知道就不要我了……原來妳不想要我了──」

我說著，忍不住鼻酸，竟哭了出來。

「可是就算妳罵我，誤會我，我還是不會討厭妳的……我只會討厭我自己……」

媽媽看著我，再看向林教練，教練坐在教練座位上，聽著我與媽媽的話，我也轉過頭去看向林教練，但她也只能低下頭來讓我們自己解決。

「阿妮……我有時候說話很壞我知道，有時候我真的忍不住……我以後不會喝醉了……」

我忍不住大哭出聲，我覺得媽媽應該告訴我爸爸和妹妹的事，要不是我去看那個黑帶典禮，也不會遇見妹妹……

「我還不想回家。」我回頭看著林教練求情。「我不要回家！」

這天晚上，我沒回家，當然也沒有去小秋那邊，我睡在道館地墊上。因為很熱，我把窗戶全都打開，開電扇呼呼吹著，我躺在地墊上看著陰暗的四周，一直想著這兩天發生的事。

「阿妮……我來了喔。」

林教練開了門，抱著枕頭，走在道館的地墊上。

「妳來幹嘛啦？」我說。

「這裡是我的道館啊，為什麼我不能來。」

媽媽隨後也抱著枕頭走進來，放下枕頭和小被子，要躺在我身邊，一左一右要把我包圍。

「吼，妳們大人很煩啦。」

我轉過身去手摀著耳朵，不想聽她們兩個說話，只看著天花板一格一格的燈具。

「阿妮，不要小看林教練，她國中的時候很紅，很多男生追喔。」媽媽突然開口，打破了一陣沉默。

「講什麼啦，不要說啦！」林教練翻身過來喊著，太大聲了，我繼續摀著耳朵。

「林教練國中的時候，長頭髮留到腰，好像洗髮精廣告那樣子，柔柔亮亮，上課也會偷化妝，看起來很可愛，很迷人喔，我還看過兩個男生為了追她，在司令台上打架，我在一邊看到嚇一大跳。」

或許媽媽想要和我和好，才與我說起這些，但我實在忍不住去想林教練長髮的模樣。

「我國中的時候，還以為林教練會先結婚呢，她萬人迷啦——誰知道她後來會變這樣。」

「不要亂講喔，什麼變這樣，我就喜歡這樣，都妳講我，換我講——阿妮，妳爸追妳媽的時候，很認真喔，天天都來跆拳社。」

我瞪大眼，忍不住轉

過頭看向媽媽那方向。

「原來爸爸這麼喜歡跆拳道，妳都沒說過。」我終於開口。

「妳爸為了妳媽被學長踢得很痛，還當作沒事，男生都這樣啦，沒有什麼好東西，哈哈。」

林教練邊說邊笑，這天晚上她和媽一直講話，很晚才睡著。等我睡醒的時候，才發現身上蓋著一條涼被，睜開眼，看見陽光照亮地墊，我爬了起來，看著教練一邊滾一邊抓癢，而媽媽睡得很沉。

我坐在坐墊上，看手錶才想起今天星期一，我打了個大哈欠，覺得好累。教練睡醒才和我說，她自從國中後就沒有睡過道館的地墊，都是我害她也得睡地墊。

星期一早上，我和媽媽回到家去，準備要回到學校去上課，只不過媽媽打電話去學校讓我請假一天。我躺回自己房間的床上，想著這幾天發生的事情，我好像去了一個陌生的地方旅行，過了很久很久之後才回到家。

我拿起手機，看著妹之前傳來的照片，我突然想刪掉這些照片，我也突然想到，為什麼媽媽會把過去的照片都刪光，只是我和媽媽不一樣，我按不下去刪除鍵，妹妹對我來說，是一個來自遠方，過得比較好的「我」，她是我的目標，或許也是我對未來的想像……

我怎麼能刪掉我對未來的想像，對吧？

第6章

隔了兩天我才回到道館去，還去理髮店把染金色的髮尾剪掉，對我來說，這是我人生之中離跆拳道最遠的幾天，彷彿放了一個很長很長的假。

等我到道館時，學生們已經開始練習，教練拿著一個踢靶讓蘇品華踢。

「阿妮妳來啦。」蘇品華放下腳，滿頭大汗看著我。

「齁，妳終於回來了。」林教練也一臉汗水喊著。

平常我也兼任助教，沒有我在，所有的教學林教練都要自己來，學員一多就特別累。正在我接手踢靶，與蘇品華踢練習踢時，教練走了過來，對我們宣布重大消息。

「阿妮，教練有個想法，最近的比賽妳都不要報名，先學著當教練吧。」

林教練拍拍我的肩膀。

「妳技術夠了，再練也不會有什麼大進步，這是個機會——妳就陪蘇品華一起比賽，當她的現場教練啊。」

現場教練，就是在比賽時在場邊照顧選手，向選手交代戰術的教練。

我愣著，皺著眉頭看向蘇品華，那明明就是大人的事，真不知道要我「當教練」是什麼意思。

教練拉著我走到蘇品華身邊。

「從今天開始，阿妮就當妳的教練啦，負責妳的訓練。」

「蛤？」蘇品華也眼睛瞪大，轉頭看向我。

「什麼蛤，要說謝謝教練，請多多指教好嗎！」林教練推著蘇品華的頭。

「好啦……」蘇品華脫下頭盔，我們互相鞠躬，彼此都說著：「謝謝指教。」

其實我本來就因為身材比較相近，一直被安排和蘇品華對練，我算很了解她。我一直都明白，蘇品華如果能去參加「殘障奧林匹亞」裡面的「聽障奧運」，拿下獎牌的話，會讓未來求學之路順利很多。加上台北曾經辦過「聽奧」，所以像蘇品華這樣的選手，都抱持著未來要參賽奪牌的目標。

「蘇品華，妳再幾天不是要小考嗎？」我和蘇品華繼續踢著踢靶，一邊踢一邊大叫，她側過頭來聽清楚，然後才回我。

「拜託，我書早就讀完啦，就是不知道要幹嘛，我才來練習啊。」

踢著踢靶，碰——碰——蘇品華滿頭大汗，還轉身把架子上的頭盔丟給我。

「阿妮，妳乾脆和我對練好了。」蘇品華說。「對了，不要踢到右手喔，之後考試還要寫考卷啊，手痛就麻煩了。」

我戴上護盔，抬起腳，想著教練所說的，開始和蘇品華練習對打，果然當教練和當選手不同，在對打時，我還要故意停下動作，提醒蘇品華的踢或跳哪裡要注意，這讓我腦袋整個卡住，還在煩惱該怎麼陪伴蘇品華時，林教練傳給我一本書，是蘇品華的參賽手冊，我翻了幾頁，才發現蘇品華第一場比賽遇到的對手，竟然是之前的國手！

「天啊。」我嚇了一跳。「怎麼會是她！」

這位選手「張秀文」，是之前的兒童組的金牌選手，我記得她去年還曾去過韓國釜山比賽，與外國選手們一路踢到國際組銀牌。我和蘇品華拿起手機，在網路上找到張秀文之前比賽的影片，看著她竟然踢得那些外國選手滿場逃……

張秀文明顯比蘇品華強太多了，但我現在可是教練，我微笑看向蘇品華，裝做無所謂的說著。

「哈哈，沒問題啦，妳看她這麼弱，一定能贏！」

蘇品華看完影片，一臉沮喪，喊一聲：「做不到啦！」就把頭盔一丟，跑到廁所裡躲起來。

「妳也太沒有自信了吧！」我在廁所外大聲喊，也才想到。「可是這比賽是辦給身體有問題的人耶，她怎麼可以報名啦？」

林教練看我們討論，也好奇張秀文的報名資格，打電話去報名的道館問，這才知道，張秀文半年前出車禍——

她有一隻眼睛看不見……。

「是喔？」蘇品華打開廁所門看著我。「可是我看她……就算兩隻眼睛都看不見，搞不好還比我強……」

「白痴喔，怎麼可能！」我和林教練異口同聲一起罵著蘇品華，差點把蘇品華給罵哭了。

那一陣子，我們只能不斷加緊練習，直接把張秀文當成最終目標來比賽，也就是說，第一場比賽就是我們的「金牌戰」。比賽那天早上，光是到會場準備，蘇品華就緊張到快拉肚子，賽場邊遠遠看到張秀文在練習，我因為看不出來張秀文有外傷，反而產生一種錯覺——她眼睛是正常的。一有這種想法，便讓人更加緊張。

「她一定很強。」蘇品華緊張到手腳發抖，好像沒穿衣服在寒流裡跑步一樣。

「怕什麼，我們一起特訓過，妳變強了好嗎！」我不敢用手去拍蘇品華肩膀加油，怕被她發現其實我也有點發抖……

「其實能夠和這種國手對打，是我的榮幸……」蘇品華邊發抖邊說。

「傻瓜，妳這是已經認輸的意思嗎？」我和林教練一起拉起了蘇品華，讓她上場去。

上場之前，我一直拍著蘇品華的臉龐。

「振作起來，上場就是九十秒而已，她再厲害也有弱點的。」

「我哪有比她厲害……」

我靠近蘇品華一些，竟然聽到她牙齒打顫的聲音。

「有啦——妳從小就聽不見，她才剛看不見，妳比較習慣，妳一定比較強好嗎！」我終於忍不住對她大叫。

「阿妮，妳這樣說……好像不是在鼓勵我啊……」

蘇品華抱著頭盔還是疑慮，只是時間到了必須面對，我推著蘇品華到場邊，看著她走上比賽場地，遠遠的就能看出雙腳都在抖。

比賽就要開始，我深呼吸喘息著，裁判一揮手，蘇品華馬上就被張秀文踢擊中端，她趕緊退了一步，記分板上馬上記錄張秀文得了兩分。但我相信蘇品華一定會想出解法，她退了一步與張秀文拉開距離，只是我們都沒想到，張秀文馬上逼近使出迴旋踢，卻只是踢到空氣，轉了一圈之後失去平衡跌倒。

「她怎麼了？」我轉頭看向後方準備席上的林教練，她要我回頭看向比賽現場。張秀文趕緊站起來，被判一個警告，更沒想到當張秀文再次進攻，一個上端踢又踢到空氣，摔跌在地上。

我先愣住，但一瞬間就明白了，張秀文還沒有適應自己的身體，我馬上在場邊大叫提醒蘇品華。

「向前去啊蘇品華，直接面對她，正踢都沒關係！」

蘇品華面對張秀文，馬上逼近一個下壓，雖然張秀文後退，但是腳掌擦到頭盔得分。

第一局結束了，蘇品華三分，張秀文兩分。場邊，蘇品華坐在選手位上，摘下頭盔時滿頭大汗。教練拍拍我的肩膀，要我指導蘇品華，她只負責拿水給蘇品華喝，拿冰水袋替她降溫。

「妳不要怕，她真的還不習慣，妳打下去就對了。」我深呼口氣對著蘇品華，比自己上台比賽還緊張。

蘇品華喘口氣，和張秀文來到場上，等裁判舉起手，第二局開始，蘇品華馬上攻向前去，一個正面下壓，張秀文馬上閃過，想要打一個回擊，卻又失去平衡跌倒在地，馬上又被判丟分。

一面倒的比賽讓我很不安，原來張秀文沒有一個選手該有的比賽能力——那她還來打比賽做什麼？

這明顯的能力落差，讓蘇品華已經不逃避，馬上正面踢向前去，再次下壓踢到張秀文頭部，再隨即一個旋踢，把張秀文都踢飛起來，等到張秀文試著回踢時卻又跌倒在地，只是她跌倒了，卻還是一直撐起身體站起來。

「秀文，不要放棄！」場邊聽到聲音大喊，我抬頭一看，觀眾台上似乎有著張秀文的媽媽，這種一面倒的比賽讓家人看得好捨不得，坦白說，一瞬間我竟然不知道該替誰加油。

蘇品華繼續前攻擊得分，前踩繼續得一分，分數在這一局成為二十二比五，張秀文只有五分，真不敢相信，這曾是一個能夠出國比賽的選手會有的分數。

第二局結束了，蘇品華坐在場邊休息時，我握緊蘇品華的手。

「不緊張了吧？」

「是啊……」

蘇品華的眼神中終於出現自信，我這才露出笑容。第三局一開始，蘇品華隨即逼近，一個空中兩腳馬上得分，碰碰兩聲都踢中張秀文的護具，裁判隨即大喊，舉手一判，由於張秀文已輸了二十分，按照規則，在第二局之後得分差到二十分時，比賽提早結束。

蘇品華和張秀文兩個敬禮握手，遠遠的，我彷彿看到張秀文在哭。

休息時間，張秀文一拐一拐的走了過來，和我們打了聲招呼。

「真的很謝謝妳們……」張秀文這才和我們說起。「這次比賽完，我就不再練習跆拳了。」

「其實妳能力還可以啊。」我有點不解，看著張秀文的雙眼，但又想著「看不見」的這件事，只有她自己能體會。

「因為只有一隻眼睛可以看，所以我跟不上比賽的空間感和速度了，我只能亂踢呢，踢不到就跌倒，哈哈真不好意思。」張秀文邊說邊抓頭，張秀文的媽媽和教練走了過來，張秀文的媽媽眼眶紅著，看來剛剛哭過，看得我也好想哭。

「妳現在練習過的，永遠都無法忘記啊，傻孩子。」林教練拍拍張秀文肩膀。「有空來我們道館玩啊——不一定要比賽了啊，繼續跆拳道練身體啊！」

「可是我們道館又不好玩……」蘇品華滿頭臭汗喊著。

「亂講！」林教練趕緊推著蘇品華的頭，把她頭髮抓亂。

「祝妳之後的比賽順利。」張秀文離開時說道，蘇品華上前去擁抱著張秀文道別。「謝謝妳。」

那天過去後，我才從林教練口中知道，張秀文的媽媽平常都騎摩托車載她上下學，那天在去學校的路上，被一台闖紅燈的貨車撞到，儘管戴著安全帽，但畢竟張秀文的額頭受到撞擊，最後竟然影響到視覺……教練說張秀文的媽媽很自責，總是覺得自己害了女兒，或許就是如此，張秀文才會這麼想證明自己還能打吧……

看張秀文牽著她媽媽離去時的背影，我覺得又感傷，卻又有種無奈，轉頭看著蘇品華，再想想我自己的狀況，或許正因為我們都不是「那麼好」的人，也都是不喜歡放棄的那種人吧。

第7章

蘇品華打贏了第一場後就有了信心，第二場比賽時，蘇品華面對一位手有殘缺，沒有右手掌的對手。一開始蘇品華都順利得分，而且甚至拉開到十五分的差距，只不過，蘇品華在第一局剩十五秒的時候被踢到頭盔左邊，突然一陣暈眩讓她跪地被判失分。

「站起來啊！」我大叫，不只是替她加油，如果看起來傷害太嚴重，裁判可以直接判決選手輸掉比賽。蘇品華看起來正在苦撐，讓我一時間不知道該怎麼辦，連要繼續大喊，都不知道該喊些什麼。

「我站不穩……」第一局結束前，蘇品華從地上撐起身體，看起來搖搖擺擺，等到休息時間時，她趕緊回到場邊。

「如果是半規管受傷的話就糟了。」林教練要蘇品華坐下，一邊冰敷，一邊比著手指給她看。

「這是幾？」

教練右手張開，比著五，讓蘇品華無奈苦笑。

「教練，我是耳朵有問題，不是眼睛好嘛！」

「傻瓜，如果是耳朵受傷，妳也可能會頭暈好嘛！」林教練罵完蘇品華，轉頭看向對手那方，對方是失去了右手掌的選手，從小就參加比賽，雖然身有殘缺，但踢擊的動作與速度和平常人沒有差別。

「阿妮，接下來交給妳了……妳知道該怎麼辦……」

林教練在我耳際說，隨即繼續替蘇品華冰敷，我不知道接下來要怎麼和蘇品華說，畢竟她看起來不太舒服。

「妳……如果比不下去，要投降嗎？」我嘴唇發抖，終於說出這句話。

「不要！」蘇品華一聽，發抖的手握著我的手臂。「拜託，讓我上去，我贏這麼多分，我可以撐到比賽結束的啊！」

「深呼吸。」我向蘇品華要求。「不想投降就穩定下來，我才讓妳上場。」

「好啦。」休息時間快到了，蘇品華深呼吸一下，上了場去。

因為有些暈，第二局蘇品華面對攻擊，只能不斷往後逃，被裁判要求攻擊，又不小心跌倒被判警告扣分。

「不舒服就不要打，小比賽而已啊！」林教練終於忍不住，直接遠遠對蘇品華喊出來。「身體比較重要啦，一直跌倒怎麼打！」

我想，要不是上一場休息時間遇到張秀文，蘇品華也不會這樣想站在場上吧……

「待會妳自己決定。」林教練在我身邊說。「妳陪著她訓練，妳一定比我還理解她。」

雖然分數一直丟，但蘇品華還領先三分，但現在只是在苦撐，我應該要讓她投降嗎？

我抓緊著毛巾，手握著又發抖起來，只要丟出毛巾，蘇品華的痛苦就結束了……我真沒料到林教練會讓我來負責蘇品華的勝敗，對於一個教練來說，這真是決定選手的重要一刻，可是看選手在台上受苦真的捨不得，更何況是和我一起長大的蘇品華，看著她在比賽台上明明頭暈，失去平衡跌倒，卻還要爬起來面對比賽，原來每一秒都能過得這麼慢，比我在比賽時還要慢。

好不容易撐完九十秒，第二局休息間，我再次看著蘇品華。

「頭暈好多了嗎？」

「好多了啦……」她不斷深呼吸，用毛巾擦去滿臉汗水之後，仰頭喝著水。

「妳分數比她還高三分，她第三局一定會馬上踢上來，妳要記得反擊，記得我和妳練的嗎？」

我激動的和蘇品華大喊，也不怕對手的教練聽見。

蘇品華的一個特殊動作，是往側邊閃躲時帶一個側踢，動作非常流利快速，過去我和她對練時，都常常被她這動作騙到而被踢中腹部丟分。

「知道了嗎？」我握緊蘇品華的手，她肯定也知道我的手在發抖。蘇品華點點頭，時間到了，蘇品華上場去，對手馬上開始猛烈攻擊，沒想到蘇品華退後反擊，直接側閃之後側踢，碰一聲踢到對手的中端，對手嚇了一跳，沒想到蘇品華看起來就快暈倒，竟然還能反擊，這才趕緊退開保持距離！

「天啊，真的行啊！」林教練在場邊忍不住喊。「那就繼續踢啊！」

只不過，對手還不相信蘇品華能反擊，繼續正面攻擊上來，蘇品華再次使用同樣的退後反擊再得到兩分，一旦這招能得分，對手就不敢逼上前來近距離攻擊，攻擊真的是最好的防守，蘇品華在場上的壓力馬上解除大半。

「她怕了啊，蘇品華，換妳去攻擊！」我終於忍不住吶喊。「快去啊！」

時間愈來愈逼近結束，壓力落在對手這邊，她怎麼追都還差了四分，雖然蘇品華一邊攻擊一邊逃，但剛剛那兩腳防禦反擊對手的中端，真的起了很大的作用。

「蘇品華，時間要結束了，不要防，連續攻擊！」

剩下四秒鐘，我大叫著，蘇品華突然衝上前去，先是空中左右兩腳踢，雖然沒得分，但落地之後一個抬腿下壓，可惜一腳都沒踢到對方，蘇品華隨即失去平衡跪在地上，比賽至此終於結束，我喘息著看裁判比向蘇品華勝利時，真的激動到快哭出來。

我和林教練扶著蘇品華下場，我在她耳朵旁邊喊著。

「真有妳的，站不穩還能贏。」

蘇品華甩甩頭，汗水都噴到我臉上。

「阿妮，謝謝妳沒有讓我投降……」

「妳練的這麼辛苦，我捨不得啊……」坐在場邊，我按摩著蘇品華大腿，蘇品華卻哈哈笑，把我一腳踢開。「很癢耶，妳故意的喔。」

我們都心知肚明，這樣的比賽就是打意志力，誰都有可能一瞬間就崩潰，但蘇品華頂住了，讓我不免也覺得好佩服。

只不過，下一場比賽蘇品華沒有上場，這是林教練的決定，為了安全還是棄賽，儘管苦練這麼久卻是這樣的結果，大家都捨不得。林教練開車載我們提早回家時，我們坐在後座安靜不語，教練從後照鏡看向我們。

「蘇品華，妳逞英雄的時間過啦，好啦，剛剛那一場有帥到，甘願了吧。」

「我又沒有逞強。」蘇品華嘆口氣說。「我本來就這樣好嗎。」

「那……阿妮，當過教練之後，妳還會想逃家嗎？」

「這和當教練又有什麼關係啦？」當蘇品華教練這一個月，真的讓人覺得好累，林教練又問這種白目問題，很煩。

「當然有關啊——妳知道替別人負責是什麼感覺了吧？」

教練繼續開車，我們一陣安靜。的確，幫別人決定，和「只想著自己」截然不同……只不過蘇品華看著我，一臉疑惑。

「欸，什麼逃家……妳逃家我都不知道啊，好啊——要逃也不帶我去！」

我看著蘇品華苦笑，只不過蘇品華也隨即安靜下來。

「阿妮，謝謝妳當我的教練……」

「幹嘛這麼說，三八喔，我們認識這麼久了。」

「我想和妳說……再一個禮拜，我媽就要帶我去美國找醫生，做耳朵的醫療評估，媽媽說去美國治療比較有機會，所以我要去美國住了……所以……我不會再來道館了……」

蘇品華看著我的臉，淚水突然流出眼眶，落在衣服上。

「那不是很好嗎，以後還會回來啊，哭什麼啦！」

雖然我這樣說，但我心底竟想著，為什麼大家都要去美國啦，真是氣死我了！

「我也不知道啊……」蘇品華忍不住大哭，也或許是這陣子訓練的壓力釋放，也許是因為要分別的悲傷，一時間我也覺得很感傷，卻也很明白，這是她人生的機會，當然比跆拳道更重要，我好希望蘇品華健康，一時間忍不住眼淚也跟著流下來。

「齁，小朋友才哭哭啼啼，她又不是去火星，妳們又不是不會見面了。」林教練一直從車內的後照鏡看著我們，我們兩個人忍不住，坐在後座擁抱著彼此大哭……

那一天真的好奇怪，車好像開了好久好久，不知道是塞車還是怎樣，怎麼一直都到不了目的地。

第 8 章

我發訊息，告訴妹妹我最近學當教練的事，也告訴她蘇品華去美國的消息，妹妹傳來了好多哭臉貼圖。

蘇品華轉學後就不再來道館，但我們還是用手機寫訊息傳來傳去。我也偷偷和妹妹用通訊軟體，有一搭沒一搭的聊天。

「六月底的時候，我想要參加跆拳比賽？」

「比賽？」

晚上在家寫作業時，我好奇看手機螢幕內跳出來的字，我用手機的原則就是，專心讀書時一定要關手機，但妹妹的事一時間讓我無法專心，因為那也是我要參加的比賽……

「以後要在美國考大學，必須要有好的課外經歷才能申請到好學校，我美國同學是做一些科學研究什麼的，但我一直想，我還是想要以跆拳為主。」

「是喔！」我好驚訝。

「所以我也想要集訓一陣子，參加盃賽，感覺很有意思！」妹這樣說。

沒過一個禮拜，我瞞著媽媽偷偷來到台北，和妹妹約在捷運站見面，她搭捷運來和我會合時，穿著一套帽T，還戴著耳環，看起來好像很會跳街舞的模樣。我們沿路逛街，什麼店都能逛，我告訴妹很多關於蘇品華的事，不過，我沒有告訴她我翹家。

看著妹走在路邊，整個身體的姿態看來陽光朝氣，就連衣服都比我新又乾淨，讓我看了有點羨慕，有時候路人會看向我們的臉，好奇說著。

「欸，雙胞胎喔，好好喔。」

「雙胞胎哪裡好？」這問題我問起妹妹，她聳聳肩。「對啊，哪裡好？」

我是在前幾個月才知道，我竟有一個雙胞胎妹妹，所以我到現在還沒感受到雙胞胎的好處就是了。

我們回台北的捷運地下街逛街，還去路邊電玩店玩跳舞機，妹就連跳舞機都好會跳，雖然同樣有運動，比起來我有點肢體障礙，好像除了跆拳道之外，我其他運動都做不好……

我們後來走到一間小飾品店，妹看著琳瑯滿目的小東西，喜歡的就先拿在手上，原來她就連逛街方法也和我不一樣，我買東西時總是一看再看，要確認好多次後才敢拿在手上，或許是因為我從小到大，都沒有太多零用錢的關係吧。

「妳有喜歡的嗎？」她挑了幾個鑰匙圈玩偶在手中比較，最後選了一個鑰匙圈送給我，我接過來一看，是一個人型公仔，頭上綁著一個黑色的帶子，上面寫著一個「必勝」。

「送妳，必勝的黑帶耶。」

「這黑帶綁頭上的，又不一樣。」看著鑰匙圈玩偶的醜臉，讓我覺得好好笑，再看向妹的臉，忍不住說。

「被長得和自己一樣的人送禮物，好像自己買禮物送給自己喔。」

「會嗎？」她偷笑著看著我。「錢是從我錢包拿的，又不是妳出的，還好吧？」

「好啦，妳不能和爸和媽說喔。」我收下這禮物，高興地掛上自己家和道館的鑰匙，想了想卻又對妹說。「我怕媽又會生氣了……」

分開之前我們去廁所，妹打開廁所門，看見牆壁上沒有掛鉤，便把後背包和手機都遞給我。

「幫我拿喔，等我。」

她走入廁所後，我把她手機拿起來，沒想到手機竟然掃描我的臉，用我的臉來「解鎖」，這不免讓我嚇了一跳，差點忘掉自己和她是雙胞胎……

我這才發現她的手機畫面跳出的每個訊息都是英文，她的朋友陸續傳訊息來，由於英文跳得太快，讓我也不知道這些訊息是什麼。我只知道，就連她的朋友傳來的照片縮圖，幾乎都是旅遊照片或陽光下的笑臉，我拿起自己的手機比對起來，這才發現原來我的朋友都是傳貼圖，或是生活上的抱怨文字給我，比起來我的朋友也真無聊。

聽到妹出來之前的門鎖聲，我趕緊把她的手機關掉，把東西還給她。

「謝謝——」她收起背包和手機。「來台灣以後很不喜歡上公共廁所，因為有些廁所沒地方掛包包，放地板真的很髒。」

她笑著看向我，讓我想到我遇到廁所沒掛鉤的時候，就乾脆把背包放廁所地板上，比起來我真是好髒。

回去車站的時候，前面有一個外國人在問路，妹妹直接上去解答，我在一旁聽著妹流利的英文，妹還轉頭問我去台北車站怎麼走，我比手畫腳指著前方，再讓妹妹翻譯，等外國人離去之後，我想了想，才問起妹。

「如果當初是我去爸爸那邊，我可以說這麼好的英文嗎？」

她聽著也想了想，聳聳肩。

「英文就是說話而已，會說英文又沒什麼，美國的流浪漢也會說英文啊。」

「唉呦，我英文考試都只有六十幾分。」我皺著眉頭。「英文很難……」

「不會啦，我中文考試成績也不太好，那些成語我根本看不懂，我都亂講，哈哈。」

妹妹真的和我很不一樣，我英文看不懂就很憂愁，她中文不懂還是能笑哈哈。說起來，是在美國的人都比較有自信，還是她天生就比我有自信？可是我們是雙胞胎，我們不是一樣的嗎？

「那……妳出來找我，媽媽知道嗎？」妹妹問我，我搖頭。「當然不能說啊。」

「沒關係，有一天她都會知道的，我走啦，美國的朋友來台灣，我們約好要去逛夜市。」

走到捷運月台上，我與妹揮揮手告別，隨後各自搭捷運走了，我繼續搭火車回家去，火車上媽媽傳訊息給我，她不知道我去台北，訊息內容「要好好吃飯」。聽著火車的匡隆匡隆聲響，我覺得自己騙了媽媽有點過分，卻又不知該怎麼回應，我只好蓋上手機，靜靜聽著火車聲。

回家之後那幾天，教練要我們加緊鍛鍊，參加比賽的報名日就要到了，我比平常更積極鍛練，只期待在會場比賽的空檔時能遇到妹妹，我的想法是，反正我是在比賽場合與妹妹見到面。

「我就是去比賽而已啊。」我可以這樣和媽媽說。「誰知道會遇到她啊。」

我和妹的體重不一樣，她比我重一些，將會打不同量級，只是沒想到，當我一邊練習踢著下壓，踢到滿頭大汗時，林教練跑上樓來，腳步啪啪好大聲，一開門就看著我大喊。

「阿妮，這個人是誰？」

林教練一臉不可思議，手上拿著一本大會手冊，翻開來看見選手大頭照，疑惑的看著我。

「為什麼她長得和妳一模一樣？」

我一直沒有和林教練說清楚妹妹的事，因為我也怕林教練會向媽媽問起妹妹的事，這會讓媽媽胡思亂想，一直到這時候我才向教練坦承。「那就是我妹啦！」我一說，林教練一臉愣住，經過我解釋之後，她才知道原來我在美國有一個妹妹，這個妹妹現在在台灣。

「妳家是拍電影喔，還有這種事，妳幹嘛不跟我說？」

「又不是我願意的。」我嘟著嘴說，看林教練嘆口氣說。「那妳知道妳們同級會在場上遇到嗎？」

教練說完換我愣住，我這才拿手冊翻開一看，的確我和妹同組，都是四十二公斤組，我記得她體重明明比我高一些，我一直都記得。

「可能故意要和妳對打吧……」林教練疑慮說著。「明明可以避免的啊。」

那天晚上，我緊張在手機裡看著通訊軟體，想了很久之後才和妹妹問出這幾字。「原來妳和我同一量級啊？」

我心裡七上八下等她回答，直到過了一天她才回我。

「我們道館裡有個選手，她原本和我同量級的都踢四十四公斤組，教練要我把機會讓給她，要我減到四十二公斤組去打。」

她一說我就懂，因為同一個道館內要安排選手參加比賽，會讓幾個選手去調整體重，各自分配不同量級去比賽，以免同量級的道館的選手內戰，但我沒想到會是這樣……

「台灣的教練要我減重，我馬上就答應了，幾天吃少一點，多運動一下，就可以減到了，在美國的時候我跳過啦啦隊，那時候要被拋來拋去，也是要控制體重一下。」

看著妹妹如此說，知道她和我同量級之後，隔天在道館練習，林教練看著我的姿勢變僵硬，好奇問起了我。

「要和妹妹打很緊張是不是？」

「沒有啊。」我滿頭大汗，喘息著說。

「以前有和她對打過嗎？」

我搖搖頭。

「沒打過就別想這麼多，拜託，氣勢拿出來，就算是妳和妳自己打，妳也要打贏好嗎！」

教練說得話讓我聽得有點懂，又有點不太懂……

林教練看著我長大，看得出我的踢擊完全失去穩定，教練當然知道我心底緊張，畢竟教練一開始看到照片中的妹妹也覺得驚訝，有著一種「自己帶大的選手，突然變成一個其他道館的選手」的怪異感。

為了這個盃賽，教練決定讓要道館參加比賽的選手們，全都要適應更強的訓練。

「你們要打這比賽，就要挑戰自己的訓練極限，年紀大了要更上層樓！」教練手扠腰說。

「知道！」我認真喊出來。

教練規畫為了這個盃賽，我們要展開為期快兩個月的特訓，林教練騎著腳踏車，帶著我們這些選手在河堤邊跑步，再帶去操場上進行基本的田徑訓練。

「沒有體能，只有爆發力，也是打不贏的啊。」

教練騎車，我們六個準備出賽的選手們排成一排，在跑道上來回衝刺。

「比賽不到五分鐘的時間，如果撐不下去，每一秒都是地獄啊，知道嘛？」

「知道！」我一邊跑步一邊喊。

教練說的是對的，如果對手很弱，那三局的時間可以輕鬆度過，如果對手很強，三局時間就是度秒如年。基本的心肺能力，決定一個選手在場上的穩定度，我們每天下課都集合跑著五公里，每個星期六，教練還要陪我們跑十公里，這對我來說是一個遙遠的距離，但我們都能撐過，還能在最後兩百公尺衝刺。

除了已經熟練的跆拳道技術課，教練還安排「特殊課程」。

「加強爆發力，我們來去練舉重——」教練說。

教練帶我們一起走路去附近的一間社區健身房，到了這間老社區大樓的地下室，才發現健身房的斑駁招牌，不過燈光還算明亮。我走入健身房一看，許多設備都「落漆」了，我們看著前方正在上課的健身房老闆，他是個全身大塊肌肉的——白髮阿公。

「看到張教練要說好，知道嗎！」

林教練指揮我們鞠躬問好，張教練看起來好像電視上的摔角選手一樣壯，社區媽媽和他聊天時，都忍不住拍著他會彈跳的胸肌。其實張教練曾經是健力選手，選手退休後才開這個社區健身房，只不過社區健身房的客人大都是媽媽和阿桑，其實賺不了大錢，不過張教練看起來好像滿快樂的樣子。

「謝謝張教練支援我們，雖然只能支援我們一個史密斯架練習舉重，但是沒關係，只要好好利用時間一定足夠啊！」

我們幾個人來到「史密斯架」面前，這是重量訓練用的支架，可以把槓鈴放上去，練習舉重的時候，站在架體中把槓鈴舉起，舉完就把槓鈴放回架上，是很安全的器材。

我們先開始練習基本的重量，大家先練習甩壺鈴，接著每人手拿著十公斤的槓片深蹲，儘管我從小到大練習跆拳道，早已習慣了平常的訓練，但是去了健身房的隔天，我全身痠痛，中午吃完便當，又直接趴在桌上午睡。

去了健身房半個月後，張教練看我們都有點模樣，才終於教我們真正的「舉重」。

「只要正常訓練，任何人都能扛起身體的兩倍以上的重量。」白髮的張教練哈哈笑著，說完便站好自己的舉重姿勢，馬上硬舉兩百五十公斤給我們看。張教練舉重時臉整個發紅，白髮看起來更明顯，這舉起的重量讓我們一群人看得下巴掉下來，人真的能舉這麼重嗎？

舉重對我來說是一件有趣的事情，如果每個選手都能夠訓練到「扛起自己的體重」，這就彷彿就是扛起自己，甚至——「扛起兩三個自己」，真的很奇妙。

我一邊學習舉重，感受大腿發脹的肌肉，一邊看著前方一群媽媽在木地板上跳著土風舞，土風舞老師用手機和藍芽喇叭播放音樂，另一旁的小角落內，有許多媽媽正在瑜伽拜月式。沒想到有一個媽媽跳舞，失去平衡跌倒在瑜伽媽媽的身邊，哎呀一聲瑜伽媽媽們變成骨牌連續倒下，場面混亂成一團。

我深呼吸，憋起笑，嘗試著第一次的蹲舉，把槓片扛在肩上。

「不能笑會內傷啊！」張教練拍拍我的槓片。「起來吧！」

我平復心情，雙腳出力，終於試著將自己身體的重量扛起來。我的大腿用力發脹，我的小腿在發抖，彷彿整個腳和腹部的肌肉全部用上，感到腳底用力的貼在地板上，彷彿被黏膠黏住，緊緊的掙脫不開。

「撐住，孩子，撐住妳自己，妳是最強的，再三秒就成功了！」

原來，這就是扛起自己的體重的感覺啊，讓我想起之前扛起當蘇品華教練的責任，其實對我來說，那就是——「痛苦」，不管是心裡痛苦還是身體痛苦，這就是責任的感受嗎？

我閉上眼睛體會這一切，一秒一秒忍耐過去。

「喊出來！」張教練拍拍我。「把力量喊出來！」

「呀——」我用力的喊出聲。

「放下來！」張教練大叫，我這才放回槓鈴在史密斯架上。我吃力的喘息著，這才睜開眼睛，眼前一群阿桑們倒在地上，全瞪大眼看著我。不管是土風舞的阿桑，還是瑜伽阿桑，大家全停下的手邊的動作，一起替我鼓掌。

啪啪……
啪！
啪啪啪……

第9章

經過兩個月的集訓，我們即將面對正式比賽。從早上到下午，一個教練帶六個選手，按照賽程，要比至少四小時以上，基本上是沒有時間休息。

我們和林教練提早到了現場，坐在場邊先調整心情。我們已經完成該做的訓練，比賽前兩天都要休息讓肌肉放鬆，更需要穩定自己的情緒。

「好好想一下過去的訓練啊，你們這麼棒，一定能打到最後的！」教練對我們加油打氣，但我身旁初次參加比賽的朋友們，腳都忍不住發抖。

林教練和大會報到，我則好奇用手機搜尋對手的名字。我第一場的對手叫劉依珊，之前就看過她的資料，不過直到今天才發現原來網路上有她的報導。我仔細看一個校園小記者拍攝的影片，劉依珊為了幫助家庭投入跆拳道訓練，希望未來能當到國手，拿獎學金出國比賽，改善家境。

「她輸了就沒有獎學金，以後升學會有困難。」林教練走回來時，看向我的手機畫面說起。「她和我以前一樣啊，這種選手很拚喔，妳要小心。」

早知道就不要查對手的影片，比賽開始前，我腦中都是劉依珊的訪談畫面，當裁判的手一比下去，比賽開始後，我先快速退了一步，隨即向前引誘她出腳，沒想到她被校園媒體報導，也拿下了校內比賽的獎項，但實力上與我有著很大的落差，她跟不上我的動作。

沒有三十秒鐘過去，我就連續踢擊得到八分，只被她得到了一分，我繼續保持距離，又有兩次的中端得分，繼續拉開分數，甚至有一個空檔機會出現，當我逼進對她用內掛腳攻擊，沒想到力量太大把她給壓倒，讓她被加上一個倒地警告扣分。

再打下去，第二局時一開打就會差二十分，會被提早結束比賽，看著眼前的對手，比賽只不過一分鐘後她就會使不上力，但我想著她的報導……我這樣把她打下場是不是太殘酷了，她大老遠跑來比賽，卻沒有三分鐘就結束回家，真的好可憐……

眼前，她似乎閃神，有個空檔出現，我能逼近直接下壓踢頭，讓分數更拉開，但我卻下意識退後一步，林教練馬上看出來我的遲疑，在場邊大喊：「搞什麼啊，上去啊，把她打下來！」

第一局時間到，休息時間，林教練拿著冰敷袋放在我頭上，眼睛瞪大看著我。

「搞什麼啊，妳知道她不夠強，那妳還想讓她踢第三局嗎，妳要出全力讓她第三局下場休息，這才是尊重對手好嗎！」

「加油——」觀眾席上傳來加油喊聲，我抬頭看，原來是劉依珊的爸爸媽媽站在二樓觀賞席上大喊加油，讓我聽了心底又羨慕起來。

「她就算要投降，也是她教練的責任，不是妳這個對手的責任，妳上次當教練一定懂啊，妳在場上就是要打倒對方，都從小打到大了，怎麼還會同情對手啊妳！」

我深呼吸，點點頭，把頭上的冰敷袋拿了下來。

「妳是參加比賽，不是參加慈善大會，妳只能把比賽打好，不要想別的。」

「是……我知道了。」被林教練大聲罵讓我有點回過神，儘管她不知道我為什麼慌亂，但她就是看得出來。

「阿妮，妳繼續打下去，以後對手都是外國人了——外國人會同情妳嗎，沒人認識妳啊，妳的對手不會同情妳，比賽就是比賽，妳贏了對手也會光榮——喔因為我輸給金牌啊，妳知道嗎，妳放水對手才會真的丟臉啊，以後她會怎麼回想這場比賽？我的對手看我好可憐，所以放水給我一分，這種話她能說出口嗎，如果是妳，妳能說出口嗎？」

短短的休息時間，林教練在我眼前說個不停，時間到，我上了場去，戴回頭盔，看著對手劉依珊正氣喘吁吁看著我。她的眼神中沒有任何求饒與示弱，她想比賽，我看得出來，既然如此我也不客氣了，比賽一開始，我馬上側踢，她失去平衡之後跌倒被判失一分。

我不能心軟，這是比賽，也是人生對自我負責的態度，就算反過來是我失分，就算會被提早結束比賽，都是要自己負責。我不斷對劉依珊攻擊，直到裁判的手舉起，第二局結束了，分數已達二十分差，我已勝利。

我喘息著，雙方都摘下頭盔彼此鞠躬。比賽結束後的場邊，劉依珊的教練帶著她來致意。

「以後要好好繼續。」對方教練上前來和我握手。「阿妮妳很棒，林教練和我說過妳的故事。」

「我也是，我會好好向妳學習的。」劉依珊也走上前來和我握手，我有點不好意思的抓著頭，看著她滿頭汗珠笑著和我說。

「謝謝妳，能和妳比賽我很幸運，我的教練跟我說，只有遇到很強的人，我才會變強，要對我不留情面攻擊的人才是好對手，教練要我一定要來感謝妳。」

「沒錯，謝謝妳！」劉依珊的教練拍拍我的肩膀，恭喜我獲勝。

「下次見。」劉依珊對我揮手道別，比賽壓力解除之後，我才發現她笑起來十分可愛。

我想，我擊敗了一個為了獎學金而比賽的女孩，雖然應該要同情她，但所有人都告訴我打敗她才是對的，比賽場上不能有同情。我也知道她的鬥志真的很強，儘管破綻百出，但眼神之中沒有投降，面對攻擊，也是站得直挺挺沒有逃避。

「那我呢？」我問起自己，我生在一個不穩定的家庭，有一個不穩定的媽媽，從小到大我都在比賽，我愈來愈能知道為什麼我不喜歡「品勢」，我不喜歡「被評分」，我喜歡打敗對方，只有這樣，我才覺得我打贏了我自己。我必須在人生之中競賽，我踢的不只是跆拳道——儘管我知道自己會有這些想法實在太早熟，但林教練也是如此說，好的運動選手都十分早熟，只有如此才能克服自己內心的缺陷，才能克服每一段傷痛，才能在場上發揮全力。

坐在比賽體育館的階梯邊緣準備，我全身都還熱著，我想戰鬥，我不能輸，不能輸的理由不是升學，也不是獎學金，我只是不喜歡輸，彷彿要是輸了，就是和自己的人生投降。

在林教練幫其他選手當場邊教練的時候，我不斷做意象訓練，我務必打起精神來。

第二場比賽到來，對手叫邱莉軒，她身高比我高，腿也比我長，我一直覺得我在班上同學之間算高，沒想到還少她五公分。

「記得教練講的。」林教練在場邊拍拍我的臉。「把第一場忘了吧。」

「好。」我戴回頭盔上了場去。

鞠躬之後，我面對邱莉軒正式比賽，按照資料她是一個不喜歡正拳的選手，就算趨近，她也不會趁機出正拳得分，這是每個人的比賽習慣。比賽開始我馬上抓準她的速度逼近她，但她的身材比我高，踢腿的距離很長，大腿的力量也十分驚人，幾個踢都讓我格擋的手覺得好痛，還有一次，我被前踢到差點失去平衡摔地，還好馬上穩定站著。

只不過，邱莉軒雖然力量和身高都驚人，但一分鐘過去，她的速度就開始變慢，教練說明的戰術隨即發揮作用，我快速的逼近，攻擊之後便向一旁快速退去。打擊之後不管有沒有得分，馬上側向逃走，她一想追我，一著急便漏洞百出。

「正拳！」我看準機會打中她胸口護具，眼角看到記分板上多出一分，我這才發現，我已經七分，而她是二分。

戰術一直有用，她忍不住便開始著急，一著急速度就跟不上，速度跟不上的選手，絕對會被速度較好的選手控制，由於我不斷表現進攻，比較積極，讓邱莉軒待在原地等我反應，還被裁判比出手勢。

「請積極進攻——」

看邱莉軒開始疲累大喘，我乾脆快速得分，引誘她進入我的攻擊範圍，馬上空中兩腳得了四分。

「阿妮，還要做什麼，想清楚啊，再把分數拉開啊！」林教練不斷大叫，在第一局下場後，我抬頭看下記分板，我二十分，她七分。其實大勢底定，看她坐在長邊休息時，脫下頭盔滿頭大汗，一張臉十分沮喪。

「妳今天的打法很棒，比我告訴妳的戰術還有效，偷藏步喔！」林教練捧著我的臉對我說。「把分數拉開吧，最好第二局就結束，知道吧！」

我點點頭上場去，第二局快結束前是二十九比上十二分，她差我十七分，第二局結束之前三秒鐘，邱莉軒的眼角正看向計分板一眼，場上選手很容易會等著時間結束，反而會不小心鬆懈，這是我追分或拉分的祕訣，趁著第二局結束前兩秒，我逼近側踢，讓她向左逃我的攻擊範圍，我馬上一個迴旋踢中端，她被我腹部一腳踢得後退

又跌倒，裁判馬上舉手得分有效，已差距二十分，裁判要我和邱莉軒回到原處站立，裁判手勢比賽繼續比賽，剩下一秒鐘多，我看出邱莉軒已經放棄比賽，手直接放下，眼眶滿出淚水。

「時間到！」

一秒鐘後比賽結束，她沒有對我攻擊，只是站著等時間過去，直到裁判喊出結束，她馬上跪在場地上大哭。

「對不起，這就是比賽。」我在心中說著。

摘下頭盔，我轉過身，喘息著走下場去。

第 10 章

在幾場比賽後，我和妹妹打入四強。看著場邊的螢幕之中，播放著妹妹被裁判舉起手的畫面。她連續勝出，場均都比對手多十分以上，真是十分順利。

「這場比賽非常精采，陳嘉露拿到了四強的參賽權，看起來，再兩場比賽就會遇到她的姊姊。」

場上正在比賽，我和林教練坐在觀眾席，看著林教練手機播放比賽的網路直播，傳來場邊主播的播報聲。

「是的，今年很難得出現雙胞胎選手，陳嘉露和另外一位選手陳嘉妮，這兩個選手是今年難得一見的雙胞胎，卻不屬於同一個道館，不知道她們有沒有機會在決賽見到面呢？」

「相信能進入到四強的選手都是一時之選啊，每個選手都有進入決賽的機會。」

林教練把手機關了，收到口袋。

「走吧。」教練對我偷笑。

「去哪？」我好奇。

林教練帶著我一起去休息室，我這才知道，原來妹妹的教練，是林教練以前的學姊。林教練帶我去到一間場邊休息室，在走廊看到了妹妹，她拿著水罐正在大口喝著水，我正想和妹妹說「好久不見」時，林教練搶先一步大喊而出。

「學姊——好久不見——」林教練和妹妹的張教練握手，還擁抱在一起。

「教練妳們認識？」我和妹妹都好奇。

「哈哈，我當初大學的時候，和林教練當室友好幾年啊——齁，林教練妳不比賽都變胖了啦。」

林教練的學姊暱稱是瑪莉，瑪莉教練調侃起林教練，還拍著林教練的肚皮，讓我看著也有點不好意思偷笑出來。

「教練，為什麼之前不告訴我啊？」我皺著眉頭。「原來妳認識她的教練……」

「講這個也沒什麼意思，反正知道了也要打，不知道也要打啊，對吧──」

林教練和瑪莉教練聊天去，我湊在妹妹的身旁。

「嘿，好久不見了。」我問起她。「比賽有受傷嗎？」

「沒有啦。」妹拉起衣服，給我看著她的手腳，一切安好沒有受傷。

「滿順利的，這次都沒事，比在道館安全耶，哈哈。」

她對我手比著V，勝利。

「冠軍賽見。」我說。

「妳一定要打到決戰，我才會看見妳喔。」妹說。

「說到做到喔！」我對妹妹握拳說著。

我們沒有打勾勾，那像小孩才做的事，和長得像自己的人說這句話，彷彿就是對自己承諾，自己一定要踢入決賽。

一直到這時候，我才注意到妹的臉頰變瘦了一些，畢竟要減重，她肯定也經過一段辛苦的練習，就算我們只是個青少年層級的比賽，訓練到現在，都已經很疲憊。

離開走廊與妹妹告別時，林教練在我身邊看著我。

「阿妮，決賽的時候妳不能放水喔。」林教練對我說。「是不是很想打敗她啊？」

「那當然。」我想了想說。「我最想打敗的，就是她。」

「嘖，妳們小孩就愛這樣，又不是演漫畫，好噁心喔。」林教練走了走搖搖頭。

輪到我四強賽，只要打贏就能進入決賽。我在場邊深呼吸，這是我面對自己最大的關卡，只不過一切比自己想的順利，我的對手呂家佳在上一場比賽打到驟死加賽局，時間一直拖到比賽結束前十秒，竟然是因為對方踢擊時跌倒而得分獲勝。儘管她很累，但這場比賽上場之後依舊頑強，只是她的腳步明顯根本追不上我，我甚至好幾次用前踩去嚇她，她的反應動作都慢一拍。

「家佳，不要放棄，打贏就能打冠亞軍了，加油啊！」她的教練大聲鼓勵她，但我知道，當對方不強的時候，就要讓對方絕望。我一個假踢動作轉移她注意力，隨即衝進去使出內掛，馬上讓她失去重心被我掃到跌倒，一次就得四分。她從地上站起來時，眼神已經有些慌張，比賽繼續，我逼上前去，她無法回擊只能連續逃，一下子就被裁判判決「沒進攻意願」

而繼續丟分。

看來比賽結果已經確定，我深呼吸，繼續向前攻擊，踢好每一腳，直到第三局末結束比賽。

下場之後，我打開林教練的手機看著轉播，聽主播激動的說。「陳嘉妮沒有意外的闖入決賽了，接下來陳嘉露的比賽會如何呢？」

我喘息著想，對，接下來比賽會怎樣呢，我想這世界上，應該不會有人比我更關心這件事了……

第11章

沒想到妹妹下一場的對手，比我想像中更強。

妹妹的對手，是我光是在手冊上看見就讓我緊張起來的選手，她的名字叫作吳安琳，是一個有著美國黑人血緣的台灣人。手冊上有簡單的介紹，她的爸爸是美國人，媽媽是台灣人，從小生長在台灣。膚色看來是深咖啡膚色的女孩，高䠷又健康，在場邊練習時就能看出，她的腿長很明顯，力量又大，肯定會是很強的對手。

如果當初籤運不順，我就會遇見吳安琳吧，這樣一想讓我不免更加緊張。

妹妹的比賽就要開始了，我坐在場邊深呼吸，林教練看出我的不安，馬上拍著我的頭，比著場上的吳安琳。

「怕什麼，妳怕外國人嗎，妳有一天遲早要面對外國人，趕快習慣一下啊。」

林教練看著吳安琳上場後，反而開心又激動，林教練看來比我更享受比賽，我這才發現她真的很愛跆拳道，難怪她可以當教練這麼久……

比賽就要開始，妹妹與吳安琳鞠躬後，裁判手勢一下，比賽開始，吳安琳一開賽馬上發揮攻勢，直接上前一個滑踢，速度比在場邊練習的時候更快，讓我這觀眾都嚇了一跳，妹妹沒來得及退後防禦，被側踢到腹部，馬上被得到兩分，但重點不是這兩分，而是妹被踢之後，身體幾乎被向後踢飛起來，還好妹妹一個墊步之後身體回穩，重新調整回比賽節奏，眼看吳安琳又追上來，妹趕緊擺出防禦架勢，伸出腳前踩吳安琳，讓吳安琳退後防禦，兩人才拉開一點距離。

「哇，這肌肉的力量太超齡了吧！」林教練一看到妹妹被踢飛，忍不住大叫。「如果是妳也會被踢飛走，咻碰——」

「不要怕，拉開，打反擊啊！」場邊，妹妹的瑪莉教練喊得很大聲，我突然想，對方是黑人，一定聽不懂，卻又突然聽到吳安琳的教練馬上用台語喊著：「免驚，踢入去啦！」

我這才在心底說自己笨，吳安琳生在台灣，一定也聽得動對方教練喊什麼。只是我看著吳安琳的膚色和臉龐輪廓，再看著妹妹上場踢比賽，對我來說就是一種壓力，彷彿就是我在場上，我忍不住一直深呼吸，穩定自己的心情。

「吼呦，妳怎麼這麼緊張，真不像妳。」林教練又對我說。「強不強和膚色沒有關係，和人種也沒有關係，和妳的這裡比較有關。」

教練又比著我的頭，她對我很有信心，但我卻難得的慌張。

「不用擔心啦，是妳運氣好沒和吳安琳打到，妳妹在美國看不同膚色的人，早就習慣了，一定不會怕的啦！」

的確，我想了想，妹肯定沒有我害怕，的確我是自卑的，面對台灣選手，再強我都能面對，但是面對不同膚色的對手我就自卑起來。自卑這種糟糕的心情，會限制肌肉力量，讓整個人僵硬起來，眼看妹妹和吳安琳一陣試探對踢，我在一旁看得手心全汗，閉上眼睛，彷彿自己正在面對吳安琳。

第一局就快結束，妹妹被吳安琳踢到中端失兩分後，就不斷化解吳安琳的攻勢，但吳安琳動作很快，而且格擋動作都有做到，妹妹無法從吳安琳身上得到一分。

「被動是最容易失分的啊！」妹妹這邊的瑪莉教練大聲喊，連我都聽得到。

「裁判有說誰贏了嗎，妳是放鬆什麼啊！」吳安琳這邊的教練大叫一聲。「進攻，進攻，還有進攻啊！」

我坐在場邊，清楚聽到兩邊教練正在大吼，對方都能聽見彼此喊出的戰術。林教練在場邊絲毫都不緊張似的，不免也讓我好奇。

「教練，妳遇過很多外國人嗎？」我記得林教練沒有打過國際賽，但林教練聳聳肩。

「難道外國人不是人嗎？其實吳安琳沒有想像中強，她力量很大沒錯，腳也很長，但是她太緊張了，看她的步伐大小和身體素質，她應該要更快更有力量，應該會打到妳妹直接投降，搞不好還會被KO，如果現在第一局只差兩分，那妳妹還有希望啦！」

不知道林教練這樣說，是為了安慰我，還是真的在分析比賽……

「妳以後出國，會遇到哈薩克、古巴、泰國、韓國、西班牙、加拿大、伊朗、俄羅斯的對手……妳遇到不同膚色的對手，有想過要怎麼打嗎？」

「我不知道……」我搖搖頭說。

「而且等妳長大離開了我，進入到國家隊，妳可能會遇到伊朗、韓國的教練來教妳喔，外國人讓妳緊張，那以後妳不打國家隊了嗎，妳要在我身邊一輩子嗎？」

「我才不要……」我嘟嘴，林教練微笑拍拍我的肩膀。「那妳就好好看著。」

教練如此說，用手把我臉移向比賽，我瞪大雙眼看著賽場中央。第二局一開始，裁判手一揮，妹妹上前去馬上開始激烈的攻擊。

「好啊，看出來了嗎！」林教練終於忍不住大叫。「吳安琳腳很長，雖然可以拉開來距離，但是她腿部的第二動作就沒有每次都掌握好，只要逼進去，就有機會抓到第二次的攻擊空檔！」

看來妹妹也能看清吳安琳的動作，等吳安琳右腿伸出去的瞬間，馬上逼近去側踢，但妹施展的踢擊馬上變向，轉成踢向頭盔的高踢，讓吳安琳來不及躲，更沒想到的是，吳安琳為了閃避攻擊向後退了一步，失去平衡身體側向一邊，妹妹隨即掌握機會，再一個逼近下壓腿踢中頭盔，兩次上端攻擊都成功，沒有兩秒鐘過去，妹竟然得到六分。

「哇嗚！」場邊許多觀眾都因為比賽而歡呼，畢竟妹的動作太流暢，原來少年組就能有這麼精采的動作。

更沒想到，當吳安琳一個滑踢要攻擊妹的時候，卻又突然墊步逼向前去，跳起在空中的左右腳交換踢擊，雖然自己最後失去平衡倒下，卻在倒下之前踢中了妹妹的腹部，雖然被判倒下丟分，但吳安琳高興的舉起手，對於自己能做出如此難的動作而興奮不已，大叫一聲：「呀——」

「哇，這次少年組打得真棒！」林教練激動握手。「這兩個不管是誰晉級，妳都不好打喔！」

第二局，雙方打到十比十，看得我好緊張，下場之後，妹妹摘下頭盔用冰袋降溫的時候，我看著妹妹正緊盯著場地對面的吳安琳看，真不知道她在想些什麼，讓我愈看愈緊張。

第三局就要開始，畢竟這場打贏就能進冠軍賽，雙方教練都在選手耳邊小聲交代著戰術，反而沒有喊出聲，短暫的安靜之後，雙方又上了場，各自站立場中央大口喘息著，第三局比賽開始，裁判手勢一比，吳安琳馬上逼近一個下壓腿攻擊，氣勢非凡，妹妹馬上側邊閃躲，只可惜明明有空檔，妹馬上側踢回擊卻沒踢到吳安琳的護具，兩邊不斷進行試探性的攻擊，腿拼腿彼此拉開距離，直到比賽進入收尾時間，由於妹妹已經打到十五分，比吳安琳的十三分多二分，瑪莉教練下了防守令，要妹妹一直退守，但吳安琳的氣勢太強，一直針對妹的頭部攻擊，要是被踢到頭盔馬上被逆轉。

「防守不會有分啊！」我在內心大叫，妹妹一個近身準備踢頭，卻被吳安琳的手擋下之後，吳安琳隨即一個迴旋踢，用力踢中妹妹的護具後兩人都跌倒在地，裁判馬上判決，吳安琳的得分有效。

「平手了，給我逆轉啊！」吳安琳的教練大叫，比賽太激烈，讓我在場邊看著也緊握著拳頭。

場上兩人彷彿都到達了極限，我握緊雙拳壓著自己的腳，儘管不是我在比賽，我緊張到半身汗水，畢竟要是妹妹贏了，我就等於要面對「自己」，但她如果輸了，我就要面對這個對我來說陌生的對手。

42 Kg
陳嘉露
0:01
吳安琳
10
2
ROUND
10
42 Kg
嘉露
2:38
吳安
5
3
ROUND
13

我下意識閉上眼睛深呼吸，或許是想逃避眼前的壓力吧，林教練卻對我說：「阿妮，眼睛張開，不要閉起來，看清楚。」

林教練的聲音讓我睜開雙眼，看著妹妹一直退後，直到終於看準空檔，吳安琳逼近再次使用空中兩腳，但妹墊步連續退後兩次，完全閃過了吳安琳的攻擊，只見吳安琳才剛落地身體不平衡，隨後換妹起跳，用同樣的空中兩腳踢向吳安琳，第一腳吳安琳順利後退閃過，第二腳時卻被妹交換腳踢到護具中端，剛好拉開分數，十七比十五，妹妹還倒贏兩分。

「搞什麼啊，這樣都閃不掉！」吳安琳的教練大吼，其實我想著要是我在場上，我也閃不掉妹這抓準時間差的攻擊。

剩下十五秒，其實妹可以想辦法邊打邊逃，讓裁判不要判失分就好，只不過妹妹沒有要閃躲的意思，雙方場上最後的雙腿互相攻擊試探，最後一個空檔，當吳安琳逼上來，一個下壓腿就要擊中妹妹的頭時，但妹妹卻沒有閃躲，直接正面逼上，用肩膀頂住吳安琳的腿，隨即對吳安琳一個胸部正拳，讓吳安琳因為失去平衡而向後跌倒落地。

時間到，裁判揮手，剛剛妹的正拳得分無效，妹站立在場上深深喘息，看著倒在地上的吳安琳，妹伸手向前去拉起了她。裁判隨即舉起妹妹的手，看妹妹確定獲勝，我這才發覺自己心跳激烈，光是坐著，身體就能感受到心跳像打鼓似的咚咚震動，教練這才拍我的肩膀。

「好啦，決賽和妹妹打，妳甘願了嗎？」林教練又說。「妳比她幸運啦，妳還多休息了一下子，準備好了沒？」

林教練拉著我的手臂，要我離開觀眾席準備上場去，只是我沒有想到，我竟然像初次打比賽的新手一樣，站起來時雙腳竟不斷的發抖……

第 12 章

我來到妹妹的休息處與她打招呼。經過半天的比賽後，我們還有十分鐘就要面對結局，看著妹的臉，好難相信我們待會就要在場上對打。

「剛剛那選手真強。」我一見面就對妹說起，她隨即拿出手機給我看。「對啊，吳安琳真的超強，我剛和她交換了 LINE 還有 IG，哈哈，回去美國後我們還會聯絡，她說要來找我玩。」

雖然妹在場上對戰，踢到對手無法反擊，但場下馬上就成為朋友。看著妹額頭上的汗水像雨水一樣滑落，我趕緊抓起一旁的毛巾遞給她，看著她把臉擦乾淨。

「決賽真的是妳耶。」我忍不住說。「妳真的打贏了。」

「我等很久了。」妹對我微笑說。「還好是妳打上來，如果不是妳，我一定會覺得很可惜。」

「阿妮，妳跑去那邊幹嘛啊！」林教練大聲叫我，我趕緊跑回到自己的休息區之前，回頭看向妹妹，和她微笑揮手。「待會見。」

待會場上見，我們就要在場上見面。

比賽即將開始，決賽的時間規則和預賽不同，一分半的時間在決賽會變成兩分鐘，我和妹有六分鐘的對打時間，決賽比平常更長，需要更強的集中力和體力。

我拿著頭盔先來到場上，深呼吸幾次，感受到四周的安靜氣氛，比賽到決賽時，沒有晉級的人很多都先回家去，特別是有加油啦啦隊的選手一旦離開場館，場館就會安靜下來，只剩場上比賽時的踢擊和喊叫。

我拿著頭盔站在比賽場地正中央，看著妹妹也拿著頭盔緩緩走上來，站在我的面前。

比賽還有兩分鐘才開始，大會要我們先戴上頭盔準備好，還在準備場邊直播的攝影器材，我們兩人站上了場中央面對面時，我看著妹的臉，再

次覺得我們真的好像，容貌幾乎一模一樣，特別是戴著護盔遮住髮型的時候，看著妹露出的臉龐，我竟然有點暈眩，彷彿照著鏡子，讓我產生了錯覺，我們只差在身體的動作姿態，差在此時護具的顏色……

與親生兄弟姊妹比賽，很少有人有這經驗吧，加上她長得和我一樣，這樣算是另外一個「我」吧？

「阿妮，集中精神！」林教練在場邊大叫，我還聽得見。

時間已到，裁判比著我和妹妹，我們站定鞠躬，開始計時。比賽一開始，我們兩個不約而同向後退，隔不到半秒，我們隨即又不約而同踏步向前。因為動作根本一樣，我們明顯都嚇了一跳，又同時向後踏了半步。

或許我和她都知道彼此的心裡想什麼，我們想先打量彼此的能力，再來判斷該怎麼進攻，畢竟我們身材條件太像，只是我沒想到，我們連下意識的動作反應都相同……

我喘口氣，再拉開一點距離，裁判馬上對著我比著「進攻」手勢，要我向前。

「搞什麼啊，比賽才不到十秒，退什麼，丟分也沒關係啊！」

林教練大叫，的確比賽才剛開始，現在是最有本錢丟分的時間，我應該測試出對手的能力，我竟然忘了我應該要這樣，只因為她是我最擔憂的對手嗎……

「緊張」真的是比賽中最可怕的事，緊張讓我違背平常的訓練，讓我已經下意識的肌肉反應沒起作用。我開始重新面對她，抬起腿逼近她，試著用側踩先拉開距離，她要反擊的時刻，我看準距離，一個正面下壓腿踢到頭盔邊落在她肩膀上，沒想到竟然壓得她倒在地上，看見她倒地的那一瞬間，我竟然呆著，這麼簡單就擊倒了她？

「誰叫妳貼進去的！」妹妹的瑪莉教練大聲喊，喊到我都能聽見。「妳忘了她的弱點了嗎？」

「我的弱點……」瑪莉教練大叫時，讓我心裡自問自答，什麼，我的弱點是什麼呢，我練了這麼久會有什麼弱點？如果是其他對手，我一定不會如此想著，但她不一樣，或許她真的知道我的弱點是什麼……

畢竟，她就是另外一個「我」。

妹起身，她用前踢逼近我，我向後閃躲，幾次的雙腳較量後，我退後再快步向前想嚇她一下，我以為她會後退，沒猜到她突然逼近一個轉身迴旋踢，我來不及退後，被踢中我的胸部護具，讓我失去平衡跌在地上，分數隨即加上在妹身後的電子記分板上，我看得一清二楚。

裁判在我身邊大聲喊著，判決我倒地，我沒想到妹竟然猜出了我的行動……我喘息著看著眼前場上的她，她也喘息的看著我，我們都在猜彼此的下一步……

我後來在網路上看錄影時，才聽到這次主播和賽評的討論。

「場上雙胞胎姊妹的這一場決賽，真的是很精采啊！」

「賽場上面對不同的對手，都會有解決的方法，能力相當的時候，就只有差在戰術和思考，當然自己也會是自己的盲點。」

「是的，到了一定程度的選手，幾乎不用教練去逼，除了自己會練完訓練菜單之外，還會找到自己的很多優點和缺點，我私下訪問過這兩位選手的教練，這兩位選手都是這種認真的選手喔。」

「能力相近，比賽就會開始拉鋸，最後可能只差個一兩分。」

「不過姊姊這裡多休息了一些，或許有比較好的體力？」

「我們拭目以待！」

賽評和主播的說法，的確也是我心底的想法，我在場上看著妹妹，我猜我休息比較久，體力比較好一些，我鼓起力氣繼續向前，只是彼此的踢擊都被格擋化解，我們隨後都無法得分，彷彿她早就知道我要如何進行攻擊，在電子計分的比賽之中，只要能判斷對方的動態，手或是腳提早擋住對方的進攻路線，不管是中段或是上端，只要擋住護盔，被踢的再慘都不會丟分。

第一局時間到達之前，我一個側踢向前，她用手格擋，時間結束後她跌在地上，隨後才撐著地板爬起，剛剛的跌倒不算失分。

四比四，我看向記分板，原來我們第一局平手。

我坐在場邊休息區深深喘息著，兩分鐘的時間讓我好像被擰乾的毛巾，擠出滿額頭的汗珠。我坐在場邊仔細回想比賽過程，我知道妹似乎不打反擊，幾乎都是全力向前攻擊，這樣說來她就不是我，才會和我用不一樣的戰術，心底的擔憂變少了一些，但再仔細想，「這不是廢話嗎」，我在心底自言自語，每個人都是獨立的，她只是長得和我一樣，當然不可能是我啊……

「回神啊，阿妮，繼續啊！」林教練拍拍我的臉，我點點頭，重回賽場。

第二局之後，我發現妹已經跟不上我的速度，索性與我拉開一些距離，我看她右腳動作有些奇怪，腳掌一碰地就縮起，看起來第一局比賽最後的跌倒，可能讓右邊小腿或膝蓋受傷了。

她對我使用側踢，我看準時間逼上前去，一面格擋一面把她往前壓逼著跌倒，只是她跌在地上，一時間竟然爬不起來，痛得皺起眉頭忍耐著。

「站起來！」瑪莉教練在場邊大叫。「搞什麼！」

看著她倒下後即爬起，但我心中卻不斷想著，別起來，比賽結束了，別起來，別起來了，別起來啊！

但她卻爬了起來，不斷喘息著看著我。

裁判高喊「開始」，比出手勢，要我們雙方都繼續攻擊，妹往後退兩步明顯閃躲，我大膽追了進去，就是看她已經很不穩定，我想逼著她下場去，因為太靠近，她突然抬起右腳來，一個正面下壓踢到我的頭盔，儘管我快速移動身體閃避，卻還是被一腳踢中。只是她踢完隨即跪在地上，咬牙露出痛楚。

第二局時間到，我喘著站在場上，彷彿被踢昏似的，看著妹一跛一跛的下到休息區。

「下來啊，呆著幹嘛！」林教練大叫，我才彷彿醒過來。

決賽的比賽時間兩分鐘，對現在的我來說實在太久了，我彷彿已用光所有力氣，轉頭看著妹一跛一跛下場去，我心底好捨不得，但比賽就是比賽。

第三局之前的休息時間，林教練拍了拍我的臉。

「阿妮，妳在幹嘛啊，她剛剛攻擊這麼慢，妳怎麼會被下壓？」

「我也不知道……」我喘息著喝了口水，看著林教練湊在我眼前說。

「她左邊防守速度慢一拍，妳踢她的左邊頭盔，趕快結束比賽——」教練幫我臉頰擦去汗水，在我耳際說起。「不要想她是妳妹妹。」

好，我喘息著點頭，汗珠便從下巴滴下，落在我的胸盔上。

不要想「她是我妹妹」，但事實上她就是我妹妹，更何況她長得和我一模一樣，讓我無法停止去思考這些事情。

上了場去，裁判喊聲之後，我們開始進行攻擊。

我與她拉開距離，尋求可以進攻的點，沒想到她這一局竟然不斷逼近我，更沒想到，她竟然用直拳來攻擊我。

我知道她剛剛腳有傷，一直都沒辦法用力踢，到了第三局應該更不舒服，但她沒有放棄，繼續前後閃躲我的攻擊，隨後看準時間正拳打我胸盔，我抓準妹逼近的空檔，一個前踩中端，再空中兩腳，一下子竟然得了六分，妹妹已經不閃躲我的攻擊，也無法阻擋我的得分，我再退後保持距離，看向記分板，原來已經是二十三分對十五分，落差分數足夠的話，除非她把我擊倒才有可能獲勝，但是用正拳只能攻擊胸盔，肯定無法把人擊倒，她基本上輸定了。

時間上，我還有最後一次攻擊她的機會。我逼向前去，心底想看準空檔，只要抬起右腳，朝向左邊頭盔作下壓，肯定可以把她打倒，但我沒想到明明比賽結果底定了，她卻沒有放棄，閃過了我的下壓之後，繼續正拳擊上我的胸口。

我看著她的眼神，儘管知道不可能贏了，她卻還沒有放棄，繼續靠近我，一拳一拳打在我身上，到了此時，我已聽不見場邊教練的喊叫，妹擊中我胸盔的拳讓我被打得後退，我忍不住想著我與眼前的妹妹，家庭的變故分隔了我們，我們只能在場上「合法見面」，免得讓爸媽擔心。

第三局時間就要到了，剩下兩秒，眼前我明明還有一個頭盔的踢擊機會，我卻在最後一秒收回右腳，快步逼向前去，彷彿回應她的攻擊似的，她用正拳打向我的胸盔時，我也用正拳在她胸盔上重重一擊，碰一聲，比賽已結束，但我們彷彿沒聽見裁判喊聲，我們還在繼續正拳攻擊，直到裁判衝上前來伸手隔開我們兩個，手勢比向我這方，我獲勝了，我看著眼前的妹妹失去氣力似跌坐在地，我深深喘息著，搖搖頭有點耳鳴，咿咿聲讓我聽不清楚四周的聲音。

我和起身的妹妹擁抱一下，之後和瑪莉教練鞠躬說謝謝後，回到林教練面前時，我突然雙腿失去力氣，向前跌在林教練身上，林教練趕緊伸手撐起我。

「對不起……教練……對不起……」我一時站不起來，比賽結束後，力量用盡真的會腿軟，想著最後的踢擊也沒做到，心底感覺對不起教練。

「我沒做好妳交代的……踢左邊……」我想我終究不是一個好選手，無法準確執行教練的任務，心底突然難過起來，林教練卻微笑看著我，給了我一個大力擁抱，還把我抱起來轉圈。

「教練……我的腳會痛……這樣轉會痛……」

「好啦——」教練把我放下來，她說話有哭腔，我才發現教練在哭，這是我第一次看見林教練哭，哭得好像小孩一樣，臉皺在一起有夠醜。

「我背妳啦，傻瓜。」林教練轉過身來蹲下來，我爬上她的背。

真的很奇妙，這是我們認識十年來，身體最靠近的一次吧，原來教練的背這麼寬，讓我也忍不住哭了出聲。

「不是說小盃賽嗎，哭屁啊。」林教練轉頭罵我，但明明哭得最大聲的是她，我也才發現，蘇品華還從二樓座位上衝下來，在我旁邊我大叫。

「阿妮，就知道妳最厲害了啦！」蘇品華哭著大叫，我看著她眼眶的淚水，擦乾眼淚看著她。

「欸，妳怎麼回來……不告訴我……」蘇品華被我責怪，一邊擦著眼淚回我。「我想給妳一個驚喜啊，誰知道妳會打這麼慘啊——我剛剛大叫妳都沒聽到嗎？」

我剛剛比賽中，什麼聲音都聽不見，一想到比賽又忍不住哭出聲，或許是因為壓力解除，還有身體的痛楚開始出現，或許是因為想到了妹妹。

「哈哈，妳明明贏了，怎麼看起來像輸了一樣。」林教練對我說，背起我走到場邊時，我回頭看，妹妹下場後被瑪莉教練扶著，一跛一跛的離開。

場邊，我與妹彼此回望了一眼，儘管剛剛把彼此打得這麼慘，我們此時此刻，卻都在笑著。

第 13 章

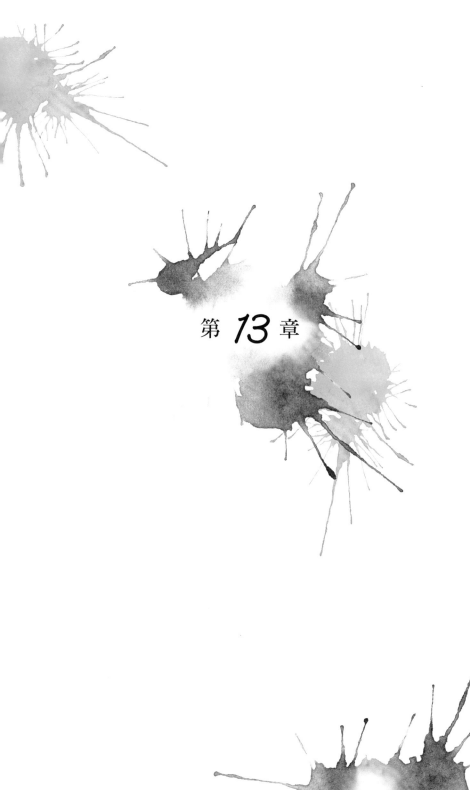

我永遠也忘不掉，那天比賽完後，我傳自己拿著金牌的照片給媽媽，她馬上傳了一個笑臉貼圖給我。

對踢過跆拳道的媽媽來說，新的金牌，只是我櫃子其中一個獎牌，和過去的沒有什麼不同，只要實力有到，一般盃賽的獎牌都有機會拿到。只是我沒有和媽媽說，我拿回的那塊金牌，打敗的是我的妹妹，

其實那張傳給媽媽的照片，最初是和妹妹的合照，但我故意裁掉右邊的妹妹後，才把照片傳給媽媽。我想下次聚會的時候，媽可能才會知道……當然，也許妹妹永遠也不會說出口，這是我們之間的事，和大人無關。

比賽完幾天，因為腿肌拉傷我一跛一跛，林教練和道館的學員介紹我的金牌，晃著晃著傳給大家摸，有的低年級小學生還故意咬看看獎牌，咬到乳牙差點掉下來。

「老天爺會先獎勵有天分的人，之後就會獎勵最努力的人。」林教練這樣對大家說的時候，我有點不好意思，但我想我真的是努力吧，至少這十年內，我幾乎都在道館內度過，我已經盡了我的全力。

比賽完的空檔我沒有想太多，就這樣過了一週，我發訊息給妹妹，但她都未讀，我想她可能回美國去，也沒有想太多，想說下次偷偷見面的時候，我們再來聊天好了。

這天國中段考半天課，林教練去外地開會，傳了訊息給我，叫我下課之後去打掃公休的道館。

今天公休日，四點之後我來到道館，街道似乎還在午休，就連車子也沒通過幾輛，不像平常擁擠紛亂喇叭響。我走入道館打開燈，日光燈管又「叮——叮——」規律閃著，日光燈管壞掉一根，我趕緊搬出一個小梯子換燈管。

自從我身高足夠，林教練就把換燈管這件事交給我負責，這就是長大的好處吧，以前只能抬頭看別人做一些事情，現在自己做得到。

打開窗，黃昏太陽光照亮著道館內，我先用吸塵器吸過地面，然後拿著大拖把拖地，接著打開抽風扇吹乾地墊上的水氣。最後我躺在道館的軟墊上，聞到剛才倒入拖把水桶的清潔劑香味，我拿起手機開始滑，看那天比賽後我和妹妹的合照。

那天比賽後，有記者要我們掛上金銀牌給大家合照，也好奇我們姐妹兩個怎麼訓練的，但是這件事說來話長，我們從沒一起訓練過，所以我們互看一眼之後，彼此都沒有回答這個問題。

放下手機，我抬頭看著道館一格一格的天花板，忍不住打起哈欠，索性想乾脆閉上眼睛睡個十分鐘，樓下電鈴卻突然響起，奇怪，今天不是練習時間，大概是送貨的人吧，我記得林教練說網購買的運動飲料會送幾箱來，但我不知道是今天。

我到樓下去，打開門才發現，是她。

我妹妹。

她戴著太陽眼鏡，穿著細肩帶上衣，穿著褲腳有抽鬚的牛仔短褲，腳踩著運動涼鞋，背後一個亮黃色的背包，在門口轉身看著遠處的街道，我看見她的髮梢金色，馬上就知道是她。

「妳怎麼會來？」我驚訝問她，她這才轉過頭來，拿下太陽眼鏡，比著那個舊的門鈴。

「好久喔，我剛還以為我按錯電鈴了。」

我帶著她走上二樓，問她最近怎麼不理我，她這才回我說。

「這學期結束前，我想要在台灣到處走走看看，放假的時候我就去一些地方玩，所以才沒回妳的，我昨天才突然想到，我還沒來到妳的道館看看。」

「那妳怎麼知道我在這裡啊？」我還是有些疑惑，打開道館門讓她走入。「我又沒和妳說——妳駭客喔，偷看我手機喔？」

「比賽手冊上有寫啊，還有林教練資料，上網找一下就找到道館了，而且妳不是說過妳幾乎都在道館嗎？」

妹對我搖了搖手上的智慧型手機，的確，大人們都說這是個有手機和網路，就能找到任何資料的時代。只是不同於大人需要學習網路，我們出生在有手機和網路的時代，已經十分熟悉這個網路世界。

她脫下鞋子，進入道館內，一進來就大聲喊。

「哇，和我以前去過的道館都不一樣。」

「道館會有什麼不一樣？」我聳聳肩說。「不是都長這樣嗎？」

「這裡的空間不算特別大。」她看向道館內部四周。「但東西還滿齊全的。」

「教練和我說道館的空間很不好找，之前還有個美容院想要租這裡，差點我們就沒地方去了，林教練說要是搬家，附近的新大樓她租不起，道館就要解散了吧。」

妹聽了點點頭，轉頭看著這間舊道館，舊的設備，舊的空間，沒有開燈時看來有些灰暗，但夕陽照入窗，讓金色髮梢的她顯得更耀眼。

妹好奇看著牆面上貼著的海報，海報照片中許多小孩正辛苦的訓練，照片中有我小時候的模樣，讓她興奮大叫。

「天啊，是妳耶——妳小時候長得和我一模一樣耶！」

「這不是廢話嘛！」我忍不住大笑。「要是不一樣就糟糕啦。」

看見地墊，她突然放下背包，挽起頭髮、綁起馬尾，隨後跑向前，在地墊上先做了一個側翻，隨後體操選手一樣的空中自轉兩圈，這動作太誇張，是她以前練體操的動作。最後她索性躺在地上，我打開冰箱，從冰敷袋中抽出兩罐可樂，這是我比賽結束之後，給自己鼓勵時偷偷藏的可樂。走向妹身旁，坐在躺在地墊上的她身邊，可樂還結著冰不能喝要等一下，她接著可樂，馬上就拿來冰臉頰。

「好久沒去體育館練習體操了，都快忘了翻滾的感覺了。」她說。

「妳真的很厲害耶，乾脆不要踢跆拳道，去跳舞的話大家比較喜歡，以後可以在 youtube 上表演，當才藝網紅啊！」

她想了想，好像可行，有點興奮的對我說著。

「才藝喔？我小時候有練過體操，還有網球、馬術、圍棋，和蛋糕烘焙課，只要社區裡有老師願意開才藝課，爸爸都讓我學——」

妹說了說，卻又有些沮喪的模樣。

「其實是因為爸交女朋友的關係啦，是一個金髮外國辣妹喔，身材超好，所以爸才沒空理我，我去上才藝課，他才有時間約會啦……」

「是喔……」我沒聽過這些，也不知道他們在美國的生活，但我一聽就懂了，她的才藝來自於爸爸的沒空理她——其實和我沒有太大差別。

「不管啦，會跳舞就是很讚好嗎！」我顧左右而言他，希望妹不要一提到爸媽就難過。

「啦啦隊對妳太簡單了，妳練了就會了。」她皺著眉頭對我說。

「我沒練過啦，不要以為妳會的我就會喔——我是在台灣長大的喔。」我搖搖頭說。

「好啦，我知道了。」

她轉過頭來對著我笑，因為挽起頭髮，讓我看見她和我第一局比賽時，被我踢到頭盔那一下，似乎讓她耳朵受了傷，還貼著OK繃。

「還痛嗎？」我看向她的耳際。

「還好啦。」

我去教練的座位拿藥，妹妹看我坐在教練桌熟練打開抽屜，拿出了碘酒和棉花棒，還有一片透氣膠帶來到她面前，她忍不住笑出聲。

「妳好像教練喔，哈哈！」

「教練說以後她退休不教了，就讓我當教練耶，可是我才不要，這樣我不是人生全都在跆拳道了嗎？」

我靠近妹耳際，幫她擦著傷口。

「那樣也好像沒有什麼不好啊？」

「我也想逛街，我也想要和同學一樣有最新的手機，我也想要出國旅行……」我說著說著，彼此都安靜下來，聽著外頭的車聲，她想了想才說。

「妳知道嗎，第一次看到妳那天，我真的好緊張。」在我貼透氣膠帶時，妹側過頭來和我說。

「緊張？」我皺眉頭，把膠帶貼好。「我看妳很自然啊？」

「我以前有聽爸爸說過，我在台灣有一個姊姊，爸說他會安排讓我們見面，但我真的沒有想過……會遇見妳。那天在體育館一看到妳，我就呆住了，原來我們這麼像，像到我一直想，妳知道嗎？如果當初爸爸帶走的是妳，留在台灣的就是我了。」

我仔細聽著她說的話，看她眨了眨眼睛繼續說。

「回來台灣以後，我才聽爸爸說了很多關於媽媽的事，聽到他們分開，還有知道了妳過的日子，我就忍不住一直覺得……覺得很有罪惡感，好像自己被爸爸帶走，很對不起妳，好像自己過著那種……大家認為很好的日子，而妳吃了好多苦。」

我坐著，看著窗外夕陽下有飄過的白雲，好像有一群鴿子飛過。

「不會的，還好在台灣的是我——」我轉過頭對她笑著說。

「為什麼？」她撐起半身，不解的看向我。

「因為我是姊姊啊。」我笑著，對她比著V。

這一年，我們都剛滿十三歲不久，我永遠記得這天的窗外傳來午後的嗡嗡悶聲，蟬聲在遠

方咿咿響起，一群鴿子飛過天空，隨後又不知道飛去哪裡。

步入青春期的我們，在透過窗的暖暖夕陽下，靜靜的用指腹擦去彼此臉頰上的淚珠。

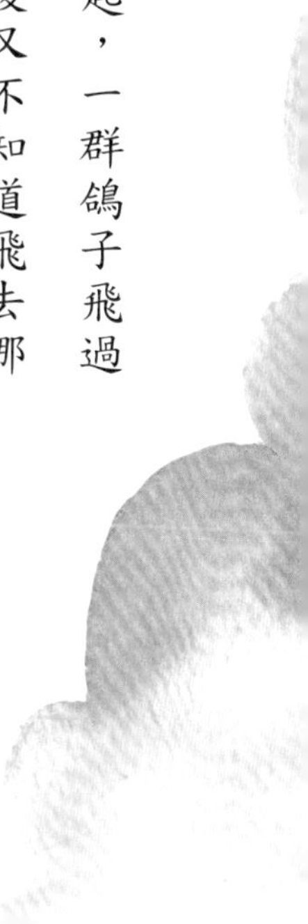

九　歌　少　兒　書　房　2　7　7

跆拳少女

國家圖書館出版品預行編目 (CIP) 資料

跆拳少女 / 張英珉著 ; 劉彤渲圖 . -- 初版 . --
臺北市 : 九歌 , 2020.08
面 ;　公分 . -- (九歌少兒書房 277)
ISBN 978-986-450-302-5 (平裝)
863.596　　　　10900962

作　　者——張英珉
繪　　者——劉彤渲
責任編輯——鍾欣純
創 辦 人——蔡文甫
發 行 人——蔡澤玉
出　　版——九歌出版社有限公司
台北市 105 八德路 3 段 12 巷 57 弄 40 號
電話／02-25776564・傳真／02-25789205
郵政劃撥／0112295-1

九歌文學網　www.chiuko.com.tw

印　　刷——晨捷印製股份有限公司
法律顧問——龍躍天律師 ・ 蕭雄淋律師 ・ 董安丹律師
初　　版——2020 年 8 月
初版 2 印——2021 年 12 月
定　　價——260 元
書　　號——0170272
I S B N——978-986-450-302-5